U0540962

喜马拉雅山脊下

于轶群 / 著

漓江出版社

图书在版编目（CIP）数据

喜马拉雅山脊下 / 于轶群著 . -- 桂林：漓江出版社，2024.1
ISBN 978-7-5407-9581-8

Ⅰ.①喜… Ⅱ.①于… Ⅲ.①游记 - 作品集 - 中国 - 当代 Ⅳ.① I267.4

中国版本图书馆 CIP 数据核字 (2023) 第 202201 号

喜马拉雅山脊下
XIMALAYA SHANJI XIA

作　　者	于轶群
出 版 人	刘迪才
策划编辑	杨　静
责任编辑	杨　静
装帧设计	杨　毅
责任监印	黄菲菲

出版发行	漓江出版社有限公司
社　　址	广西桂林市南环路 22 号
邮　　编	541002
发行电话	010-85891290　0773-2582200
邮购热线	0773-2582200
网　　址	www.lijiangbooks.com
微信公众号	lijiangpress

印　　制	北京中科印刷有限公司
开　　本	710 mm × 1000 mm　1/16
印　　张	16.5
字　　数	135 千字
版　　次	2024 年 1 月第 1 版
印　　次	2024 年 1 月第 1 次印刷
书　　号	ISBN 978-7-5407-9581-8
定　　价	68.00 元

漓江版图书：版权所有，侵权必究
漓江版图书：如有印装问题，请与当地图书销售部门联系调换

一个我,在洪流般的马拉松选手中奋力奔跑;
另一个我,却停下来,想倒退回起点,倒退回那个孤独的入口,
重新掂量与世界的协议。

自序：九年陈

倏忽。九年。

2014年，在尼泊尔安纳普尔纳大环线（ACT）徒步时，我写下这本书里的只言片语。2018年，我写完了最初定名为《喜马拉雅山脊上》的书稿。

2022年，我翻出搁置多年的书稿，对应原有的46篇文字，又添加了46篇写给女儿的文字，把书名改为《喜马拉雅山脊下》。书里记录了两段旅程：一段是我环安纳普尔纳的徒步旅程，一段是以92篇文字记录的内心旅程。

这本书不断被加塞儿，也幸好被其他工作排挤，我才有机会能将近年的感触收纳其中。

此前抑郁的九年，我持续被挫折和悲伤击打，人生陷入低谷，却不知何时到达谷底。这九年，我一直没有离开喜马拉雅，我被困在它的褶皱里，背负往事，每日奔走。

这本书最初的想法已陈放九年，又被勾兑了不同时期的冥想。2023年，改完最后一段话，我已不抗拒回去。我要下山。

目录

第一章　在喜马拉雅的褶皱里　001

01　兄弟，你往何处去　002
02　在喜马拉雅，你什么都不是　006
03　你精明地低估了自己　010
04　直到红尘寂静处　014
05　不要信赖世界，它是个病人　020
06　欢欣地遇见，很快不见　026
07　这一路，便是生命的现场　030
08　你会死，我会死，这是喜马拉雅的教导　034
09　朋友，不是必需之物　040
10　这三个字就是噩梦开始的地方　046
11　皈依一条路　052
12　经验障目，遂成蠢猪　058
13　"我"不是个实在人　062
14　他是谁？他是我　068
15　你眼见悲苦，只是路过　072
16　你必定高估了自己的善良　076

17	财富是太行王屋，挡住去路	082
18	有一种慷慨叫吝啬	088
19	徒手捞肉丸	092
20	不快，很快，很快就会过去	096
21	侮辱这东西，信则有	100
22	痛苦全在这句话里了：你对得起我吗	104
23	关于"你一定会后悔的"这种蠢话	108
24	恨，就是你一直在复盘早已输掉的一局棋	114
25	愤怒是捅向自己的刀	118
26	你不能把自己变成另一只疯狗	122
27	你怕了，所以你嫉妒	126
28	指责，只是一个瞄准的手势	130
29	让流言去死吧	134
30	每一次伤害，都是一笔"横财"	138
31	世上最容易找到的东西就是别人的缺点	142
32	言辞如无处安放的刀，总是伤人	146
33	骄纵感官，如以盐水解渴	152
34	心若不静，就编瞎话给你听	156
35	找到答案的人，就是始终没有离开问题的人	160

36 珠穆朗玛来自何处　　164

37 痛不丧志　　168

38 有什么不是从头再来　　174

39 提防勤奋　　180

40 继续走，不要停下来等待公平　　184

41 现实不危险，危险的是在现实中走神儿　　188

42 在燎原之前发现火星儿　　192

43 杀他个干干净净　　196

44 没有痊愈，伤口永存　　200

45 遇见更好的自己——多么蠢的领悟　　204

46 长路无尽　　208

第二章　**安纳普尔纳大环线徒步路书**　　215

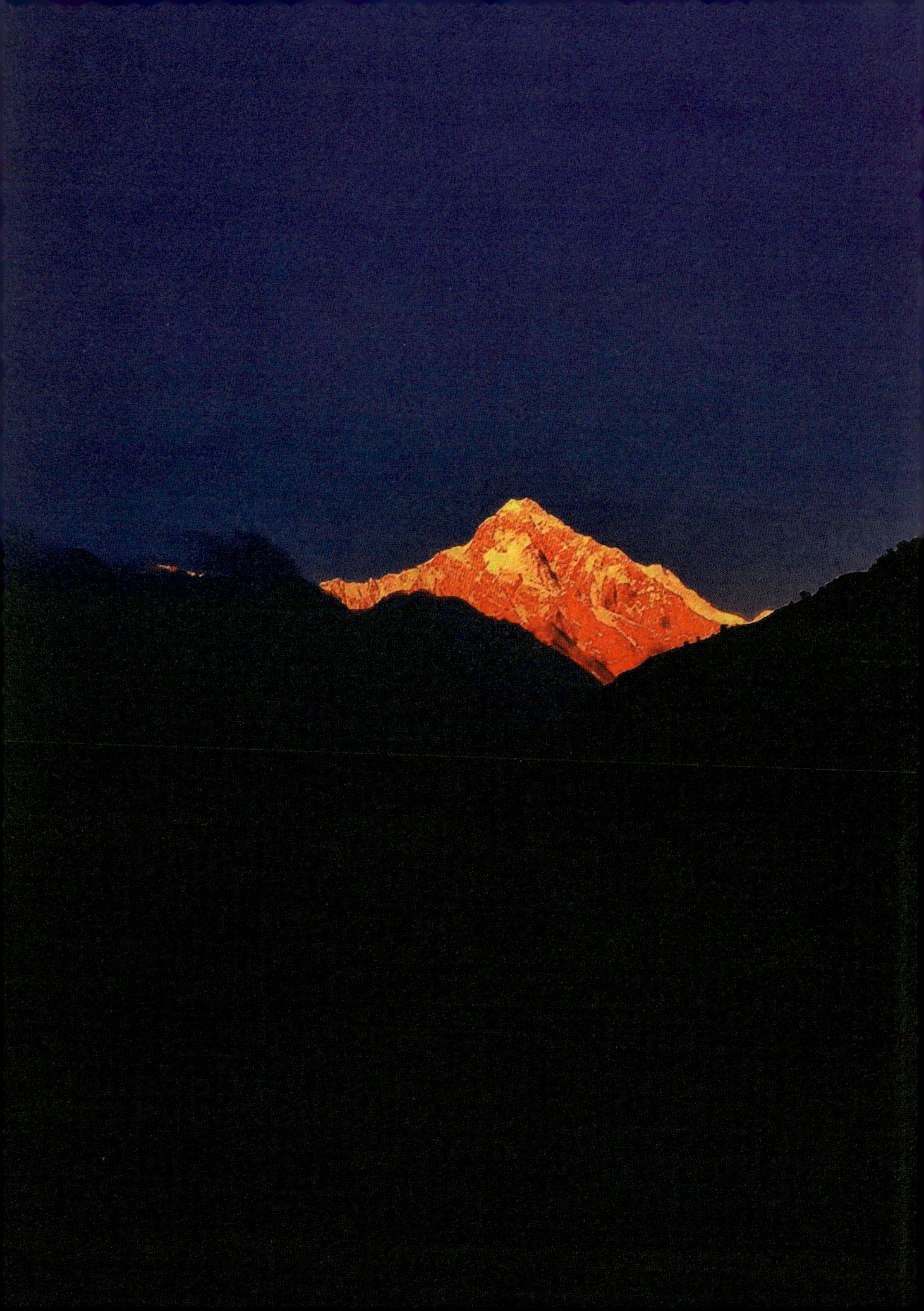

第一章

在喜马拉雅的褶皱里

01 兄弟，你往何处去

注：本书无图注的图片均为作者在喜马拉雅拍摄的照片

手指循着地图上的道路，滑过一个个陌生的地名。那是进山前的一个月，一场雪崩把一些人永远留在了安纳普尔纳。他们来自这个星球的各个角落，怀揣理想，也携带着各自的困惑。圣诞节的滑雪酒店早已订好，人生或许已规划至退休。然后，一切，都"来不及"了。未完工的生命，定格在奔流的时间里。

　　在安纳普尔纳，生命被死亡吹拂，像北京东直门外辉煌离场的银杏叶。世上更多的生命，则如松塔坠地，一声之后，再无回响。他们像聚会中的某个人，站起身，摁灭烟头，说太晚了，我要回去了，之后就消失在落雨的街道。有的人被疾病带走，有的人被酒精带走，有的人被车祸带走。约好青春做伴的人，违约了。要与你同看江山的朋友，食言了。承诺和理想，都不可靠，它们都要寄生于命运，看无常的脸色。

　　手指搁浅在那个垭口。你意识到，你，也可能，死在安纳普尔纳。有生四十年，你已惯看离去，却依然对死亡没什么准备。你可能也像聚会中的某个人，站起身，说你们接着喝，我明天还得赶飞机。此后，你便消失在喜马拉雅的沟壑之中。

004 | 喜马拉雅山脊下

陀龙垭口

○○本来不太想在2014年去ACT，我属鼠，那一年又是马年，子午相冲，这一迷信的说法深扰我心。出发前一个月，10月14日，安纳普尔纳环线上的陀龙垭口遭遇了暴风雪，徒步者无法看清前进的方向。很多人没有御寒装备，冻倒在路边。幸运者顶风下撤，在海拔4000多米的一座小木屋里躲了一晚。直到第二天早上救援队才出动，那时积雪已有1.5米深。在这场暴风雪和随后的雪崩中，43人死亡，50多人失联，175人严重冻伤。消息传来，我以为行程要取消了，但最后还是成行了。

○○出发前，我花了几天的时间写纸条，把一些重要的东西整理好，放在你们能找到的地方。女儿，这是个悲观的习惯。21岁那年，我偷着去草原之前也写了封信压在大学宿舍的床垫子下。后来出走失败，又回到城市，就把那封信撕了。出发之日，也是道别之时。因为可能再无归期。

02 在喜马拉雅，
你什么都不是

出发，是奔赴某些东西，也是把另一些东西留在身后。在人生的中途，你迫切地需要一次出发，离开你深陷其中却不想把余生托付给它的现状。

　　你困在了卡尔维诺的蛛网城市里。你想摆脱那些"不愿面对的""你依赖的"，却被百般阻止。熟悉、亲近、信赖、舒适、快乐，它们都劝你不要离开，劝你留在已落地生根的那个城市，捍卫既得，继续生财，花钱悦己。你彷徨着，像蹄子陷于沼泽的麋鹿，无法自拔。对"故地"的深情，像狱卒，将你拘留于凡俗之中。你是落入蜜罐的飞虫，不是被甜擒获，而是被恐惧捉拿。

　　起来，出发！亲切的面具后都有獠牙。离开你游刃有余的旧环境，离开熟悉的轨道，离开常规、常理、常情，离开爱与亲近，离开你被高看的地方，离开你依赖甚至上瘾的评价体系。

　　起来，出发！马路再宽，对飞鸟何益？恰逢其时，你看见了安纳普尔纳的召唤。你渴望那十来天的与世隔绝，虽是短期盘桓，却可演习离开。去别处，你只是暂辞众人，去安纳普尔纳，你将坠入巨大的绝望。因为，在喜马拉雅，你将什么都不是。

作者女儿在老挝的河里洗澡

○○女儿，那个假期你没有选择去瑞士，而是去老挝给村民盖厕所。你不是去磨炼自己，你是去体验自己的无能。人越早体验到自己的无能越好。在老挝，你的语言、能力、身份，都无法对深陷艰苦的你施以援手。你丧失了自信，也认识到有很多东西都不是非此不可的。你并不想每天在漂浮粪便的河流里找一块干净的水面洗澡。但有些东西是不可或缺的，比如水和食物。那个夏天，你从繁华出发，抵达贫困，切换到一个让自己一无是处的环境。你体会到自己作为一个人的能力和可能。那是你在日内瓦和北京收获不到的领悟。

03 你精明地低估了自己

□□那些年你过得不好，与旧有疏远，又未迈入新路。仿佛饭夹生了，酒变酸了，生命卡住了，像磨豆机里掉进了石子。你被痛苦浸透，却急于赶路，好像前面有可以安顿身心的旅店。你急于赶路，对别人不管不顾。在人生的中途，你独自迷失在一个令人昏聩的森林中。

□□你急于赶路，挥霍幸运，用自私去喂养愚蠢。你把情绪都押在了眼前的挫败上，还不明白，你可以是另外的自己。这辈子，有幸获得人身，实属幸运。50亿年，你和众生只相遇这一次，父母、妻儿、亲朋、同事、对手、仇人。人死后，就不会作为一个人再回到世上，死后就是尘埃。

□□当你站在进站口，回望将离开的这个世界，很多遗憾没有周全，很多敌意没有消除，很多爱没有说，很多人没有帮，很多错误本应避免。这一生，你本可以活得更有眼界。

□□生而为人，伤口或挫折并非全部。你不应把悲伤都投资在这些小题材的剧情里。在人生的中途，你独自迷失在一个令人昏聩的森林中，你长于盘算，却精明地低估了自己。

《瑞士圣哥达山的盘山路》，[英]约瑟夫·马洛德·威廉·透纳

○○女儿，我总是喜欢往前奔，遥遥领先队伍。那些天我一直和马斯扬第河（Marsyangdi）相向而行，我们就像两个不打招呼的旅客。脚在山路上奔走，心在别处忙碌。那些年我过得不好，很多事我眼看它们故障不断，却无动于衷。那天走过一个峡谷，就像透纳的《瑞士圣哥达山的盘山路》画中那样，安纳普尔纳二号峰突然出现在前方。那一刻，我长出一口气。女儿，自然能让你自惭形秽，让你在意的那些东西，瞬间变轻。想一想，我们为之惋惜的东西很可能并非生命的价值所在。人的价值在于输出贡献。蝙蝠侠是"能力有多大，责任就有多大"，这是后知后觉。你爷爷是"责任有多大，能力就有多大"，这是积极的唯心主义。你爷爷有句口头禅：怎么就不行呢？就是说，你相信自己能行，你就行。女儿，我很多年沉浸在自己的小悲愁中，而忘了可以利益他人。我没有照顾好家人。如果每年让你爷爷定期体检，癌症就不会到晚期才被发现。我没有带好员工，帮助他们更好地发展。女儿，当你悲伤的时候，你要质疑你所悲伤的，它们是不是假扮了你生命的价值物。女儿，你要高看自己，知晓自己对众人的价值，你不能精明地低估自己。

04　直到红尘寂静处

峡谷底部，马斯扬第河迎面奔来，口吐白沫，像受惊的骡子。风煽动脚下的尘土，扑向岩壁上的涂鸦。午后，有人在远方醒来，有人在窗边想起一件小事，有人在河谷里劳作、喝水、不语。往事的毒性，不能借游荡而消解。心若轻羽，难耐俗世风拂。你要寻找的是地球僻静的一角。

　　离开，比纠缠高级。如果定要纠缠，不如去纠缠那些永恒的存在，而非与你同样转瞬即逝的东西。离开便是离开，若出发，便不要再被喧嚣的波浪推来揉去。前路，在喜马拉雅的褶皱里，有众多的修行者，对于他们，世间喧嚣也是个不小的麻烦。在安纳普尔纳，地球僻静的一角，熟悉的都被隔绝，只留下一个你并不熟悉的自己。

　　没有了关注形象的心，因为没有别人；没有了头衔，因为你已脱离有支配力的那个体系；没有玩乐，因为高海拔制止躁动，不能奢求欢愉；没有财富，这里充斥着贫穷和灾祸；没有全知，闭塞令新闻不再必需；没有日常，高峰蔽日并不配合往日作息。景观无法如写字楼般每日出现。行程被切分为十几个段落。每晚你都不能回到同一张床上。你不再是填室塞屋的恋物癖，每天你能囤积的只有呼吸和热水。每天，你都如野兽在荒野走动，在星空下安歇。你按时行止，不作非分之想。你离于烦恼，栖于无扰。如奈莉·萨克斯所言："我以世界的变迁作我的故乡。"

　　山脉无尽，土路荒凉。行走在喜马拉雅裂缝里的人，你自问，为何当初将时间错付给某些事物？这是贫瘠赐予的警醒。在喜马拉雅，你失去了自己的时间，却像一段歌词找到了自己的旋律。

《布道后的幻象》(雅各与天使搏斗),[法]保罗·高更

○○一个股票经纪人，年薪丰厚，娶美女为妻，生了5个孩子，生活过得安逸。可在35岁那年，他辞职，离开家庭，投身绘画，之后去了塔希提岛。女儿你当然知道他是谁。

○○爸爸不能跟高更比，他是生而有翼，便不愿匍匐。我是羁鸟恋旧，迷途知返。2014年的那次出走，可以看作我要离开那个城市的开始。那时我已经不想在老路上、在老行业里、在熟悉的城市中，去拼、去讨生活了。很多人会质疑我的想法，但我已经打算离开。

○○女儿，你要学会离开。我不用"放弃"这个词，是怕你误解。人生苦短，切勿在烦恼充斥之地长久停留。无论那个是非之地给你开出的条件多么诱人，你都不能贱卖生命。与其留在让你生起执着与怨恨的人、事、物旁边，不如前往一个完全未知的处所。在那里，没有什么会引起你负面的情绪，心不会被打扰。人挪活，你可以迁徙。躲开，才有活力。若你按兵不动，忍辱负重，那不是坚忍，是被迂腐的魔鬼掌控了。要迅速离开，就像你在一个房间里看到令你难受的剧情，就走到另外的房间一样。文明从我身上渐渐地消失了。我开始简单地思考。

05 不要信赖世界，它是个病人

□□一日路程将尽，夕阳给山谷补发温度。逆着瘦弱的激流，走进山的阴影。向妇人问路，她的手粗糙而光亮如水貂。雪水转动的经筒也是水磨，真言旋转，谷物成粉。这条河彻夜诵经，像一锅油在炸着面食。

□□无论如何，你的人生都不算糟，因为它可能变得更糟。这个世界不承诺更好，它更善于掀桌子，它就是个精神病。认清世界的癫狂，无须特殊机会。早晨乌云密布，下午天朗气清。山洪会干涸，大地会震动，山体会坍塌，道路会崩解，你会在途中用光全部的饮水，也会抢到货架上最后两个面包。昨日谈人生规划的人死于车祸，去年拍婚纱照的一对儿已各自成家。不要发誓永远，不要承诺一定，计划只是你想，世界不想。

□□"不变"，是个谎言。身外，找不到"不变"这种东西。体内同样找不到，细胞刹那生灭，思考每秒都变。从没有一个不变的你，只有无数个不同的你——从年轻到衰老，从衰老到死亡。

□□你也想永享舒适和欢乐，但它们一定会离你而去。相亲相爱的人注定分离，像晨雾离开山谷，似冰雪离开春天，如钢匙抽出咖啡杯，鞋底离开路面。你呵护的躯体将被抛弃，你珍爱的名声将被遗忘，你留下的书无人阅读。而世界如常运行，并不终止。出发前你已定好回程的机票，但如果被雪山留下，那也正常。那条河彻夜诵经，像一锅油在炸着面食。

第一章 在喜马拉雅的褶皱里 | 023

《庞贝的末日》，[俄] 卡尔·巴甫洛维奇·布留洛夫

○○公元79年8月23日，一个美丽的黄昏，意大利的一座背山面海的城市结束了它喧嚣完美的一天。太阳沉落，人们在准备明天的出行衣服，明天售卖的家禽，明天和好友去浴池谈论的话题。当明天来临，附近的维苏威火山突然爆发，埋葬了这个城市的明天。女儿，如果你去圣彼得堡的俄罗斯博物馆，就能找到一幅画：《庞贝的末日》。你要在它面前多站一会，看一看庞贝古城即将被吞没时的瞬间：喷发着狰狞火焰的火山，从天而降的火山灰，行将溃崩的建筑，从屋顶倾落的雕像，忙于逃命的人。这就是这个不确定世界的写照。而画家卡尔·巴甫洛维奇·布留洛夫想描绘的绝非庞贝的命运，而是十二月党人起义失败后动荡的俄罗斯。

○○女儿，如果俄乌战争结束，如果英国和俄罗斯恢复通航，在这些"如果"成真的情况下，你可以利用假期飞去彼得堡，看看这幅画。但这只是计划，计划只是你想，世界不想。你还要看世界的脸色。

06 欢欣地遇见，
　　很快不见

□□那几日你行走在雪山之间，沉浸于新的环境，常常生起愉悦，却又往往突然抽离，"看见"这儿不是你生活的常态。总是这样，每当你身处欢欣时刻，都有不真实感。你总在想：它——们——很——快——就——要——结——束。你总为此不安。

□□世上美好的事，如彩虹倏忽而逝。可在时间的眼中，又有什么不是转瞬即逝？比如河道里的石头，比如比石头更易逝的人，比如比人更短暂的人生中的经历。一切都会过去，它——们——很——快——就——要——结——束。华屋倾颓，剥露骨架，像被野狼袭击的耕牛。没有一个古隆人会拿着藤筐在瀑布下取水。你却经常丢掉常识，以为生命是能存留时间的容器。眼见欢欣进来，眼见它们出去，它——们——很——快——就——要——结——束。倏忽之间，无可阻留。携筐的取水者，你怎么能有"它会是我的，我得到它了，我赚到了"这些愚蠢的想法？欢欣地遇见，很快不见。你看那筐，空无一滴。人这一辈子，就是一只筐，被时间打湿，仅此而已。然后你离开这人生，好像手离开了琴键。你看群峦澎湃，雪峰只是一帧凝固的浪尖，它——们——很——快——就——要——结——束。喜马拉雅山中忧郁的旅人，你的身影更加微不足道，寄身于星球定格的一瞬。你无须担忧逝去，担忧对"很快不见"无能为力，却擅长抛售你持有的欢欣。

《有鹦鹉的盛宴》，[德]乔治·弗莱格尔

○○女儿，你可能不太关注静物画（Still-life-painting），这个英文单词直译自荷兰语的"stilleven"，意思是"死去的生命"。静物画诞生于尼德兰，看似描绘一堆精心挑选的物品，比如鲜花、水果、金杯、绸缎，实则是在描绘生命的虚幻感，传递的是死亡的告诫。

○○女儿，你说："一想到还有一周就开学了，就不开心。"你不要想粘住开心，那开心也是stilleven。你能看到它来了，也要看到它马上要离去。相较于之后的平淡，之前的欢欣才是假象；正如对于此刻的欢欣，之前的忧虑也是假象。你十八岁的照片并不是八十岁的自己。只要不执着，失去并不一定是苦情戏。女儿，不要总想着它会失去，你要做的只是在它失去前，接受它带给你的欢欣；也不要总想着快过去吧，你要做的只是在欢欣来临之前，接受这些不快。

07 这一路，
　　便是生命的现场

又是一个土豆和胡椒的清晨，面饼呈现出岩壁的质感，马萨拉茶的白气抚摸着窗边用餐者的额头。门外，一匹三条腿的马跑下山，驱赶了那些提早出发者的疲惫。

　　山路流进峡谷，宛若愁肠。鹰在飘浮，牦牛用脊背临摹着山岭。在你人生的中途，你想从不自然中消失，到自然中去。并非自然有爱，它没爱，也不公平，它是无视你——掀翻的台地、砸碎的山峰、抛掷的岩块、溃决的河道、坍塌的桥梁。年复一年，安纳普尔纳纠集"突然"和"粗暴"，蹂躏不会止息。年复一年，冰川携带的碎石被砌进墙体，垒好的房子又被洪水拆解。灾难和贫困就这样联手洗劫着村庄。

　　群山压顶，如海啸的巨浪。当下，似乎是死亡的前夜。这里是史书丧失必要性的地方，只听得见生的残忍，看得见死的平淡。有那么一段时间，你甚至想尽一把力，将人搀扶出穷困。这忘我的想法突如其来，让自己意外。但，那不是悲悯，是恐惧。喜马拉雅是一面残忍的镜子，你看见的，是自己的生老病死。这一路，便是生命的现场。

阿尔卑斯山景，作者拍摄

〇〇女儿，你没到过安纳普尔纳，你见识过另外的雪山——阿尔卑斯，但安纳普尔纳和阿尔卑斯截然相反。阿尔卑斯是罗斯金（你说他是毒舌）心目中美和崇高的典范："世界所能赋予的最美的天堂景象，就是一处高大的山峰边上带有草地、果园和田地的山坡，其顶峰是紫色的岩石和终年不化的积雪。"而安纳普尔纳则印证了伯克心目中怪诞的崇高：乌云密布的天空、黑暗的峡谷、轰鸣的水声，以及流沙和雪崩。因为恐怖之处正是崇高之源。这很容易让人联想到由哥特艺术所催生的对地狱的描述，旨在以反面典型进行道德规劝。但是死亡，人的确需要预习，需要了解它的突然和无常。卢齐安·布拉加说：现实是童话的废墟。你从阿尔卑斯回到尘世，就会有这样的落差；但你若从喜马拉雅归来，你会想眼前的现实是个假象。

08 你会死，我会死，这是喜马拉雅的教导

那天下午早早结束了行走，太阳还在西面的雪山头顶，阳光的洪水斜切进河谷，灌进木屋。你躺在房间深处的黑暗里。窗台上，灰尘落入牛奶，那是正在死去的时光。四十岁前，你沿袭俗务，以为那是正路，不知道它只是眼前的迷雾，路却在雾的身后，缠绕着雪山，伸向寒冷的垭口。路上有人，溅起尘土，自己又渺小成尘土。喜马拉雅，就用这尘土冲刷着时日。

　　在路口等待的人，用朝阳翻烤着自己。转过头，你辨认出那走远的自己，没心没肺，竟把世界当成了家。虽自诩为主人，但过些年，再怎么耍赖，你也得离开。世界还在，像一家始终繁忙的旅店。永远在不久的身后，却并不属于你。想想这些，有的事，不再做了，有的话，也不说了。

　　你目击过死亡，只是觉得它属于别人，离自己很远。年轻的时候你不失眠，看不见那些夜里从天上落下的人。他们还是要回到土地，再以尘土、蒲公英、鸟雀或者松脂的身份归来。四十岁后，你渐感死亡的吹拂，很轻，也不呼啸。它就寄身于聚会中抽离出的一次张望，街上被阳光击中的一扭头，房间突然陷落的寂静的一瞬。那吹拂很轻，它来了，谁都不说话。

死亡的拜访很少正式，不讲排场，也并不总是如明王一样吓唬人。死亡甚至都不需要来。一出生，人就在死亡的口中，只要牙齿没咬合，那就是一个人的幸福时光。但牙齿总会落下，在任何时间，以任何原因、任何状态。老死、病死、溺死、毒死、摔死、撞死，死于战乱、死于横祸、死于窒息，死得平静、死得痛苦。正如没人能阻止落日离开山谷，无论怎样，你都必须死。美色无法诱导，权势无法左右，财富无法买通。死亡，稳、准、狠，如刀切黄油，如斧劈绿树。你会死，我会死，这是喜马拉雅的教导。

　　勇者并非无惧死亡，只是他能亲近恐惧。面对离去，一无留恋，那样的境界对你也没什么吸引力。你只是想，既然恐惧就在那里，与其推迟见面，不妨现在就去探望。之后再见，就是熟人了，不会惴惴不安。你不是认输，是认命，是认清自己。关于这次出走，你预想了很多次。不挣扎，不贪恋，也有痛，也有恨，却没有侥幸。太阳走过，山影转动。你穿过尘土，尘土也穿过你。果壳抱着松子，阴影抱着村庄，死亡抱着生命。你可能会死在路上。白如冰川，冷似花岗岩，静若废弃的佛塔，悲伤得像裂开的笛子。这就是喜马拉雅的教导。

塞勒姆大教堂修道院院长纪念碑
约翰·乔治·维兰德和约翰·乔治·杜尔（迪尔）

○○"我们的有生之年是多么局促，我们观看和计算我们的年岁之歌"。决定性的时刻，我们是孤独的。当一个人濒临死亡，名声、金钱和权势都派不上用场。资产证明、学历，以及再多的安慰、再多的鲜花送给他，都挽留不住他。

○○巴洛克时期有句箴言：牢记你终有一死（拉丁语，memento mori）。女儿，你爷爷走的那天，天气晴朗，阳光照进救护车，洒在他的脸上，像伦勃朗选择的高窗的光。进手术室之前，我松开他的手，它已经不再那么有力。他被推到手术室外等待手术，他在那里躺着远远地看着我，很平静。当手术室那边的医生在电话里说，老人走了。我忽然意识到，两个小时前我本来可以跟他多说几句话。此前的谋划和打算，准备的镇痛药，都没用了。

○○我曾经历死亡，但没有领悟。我和你爷爷这辈子有好多话都没说。但他走得很从容，出院那天已经看到了结局，他已经在准备告别，尽管他没想到会那么快。他把歌本、音响送给公园里合唱队的队友，他从轮椅里站起来，和一个奶奶跳了他这辈子最后一支舞。他为几十年前的一次动怒跟我道歉，嘱咐我照顾好家人，他还给你做了个影集。

○○那个春天，阳光明亮，他在家准备着这一切，等我回家就让我推着他出去晒太阳。那是一个电动轮椅，但他不愿意自己驾驶。

○○你爷爷走后，有一天早上，我忽然驾驶着那个电动轮椅，驶上朝阳北路，一路行进，我看见夏天来了。路人以为我是残疾人，避让着我，并没注意到我视线模糊。

09 朋友，
不是必需之物

□□牛奶的河流说着嘈杂的土语，河滩堆满史前巨蛋。没有地平线，只有天际线。云在脚下，路在头顶，你是这条路上的陌生人。你不是访友，也非寻隐。

□□一个没有朋友的地方，没什么可担忧的。你不是个出门靠朋友的人。你不太认可朋友在生命里有存在的必要性。"同利为朋"，朋的本义是钱。说白了，朋，就是能够利益你的人。欧阳修在《朋党论》里绕着圈儿强调，君子是以"同道为朋"，小人才是以"同利为朋"。别当真，那只是行文策略。"同志为友"，这是《说文》里的话，也被加工过了。追到根儿上，友，就是亲近的人。朋友，是一个很过分的词，是平等心的大敌。这个词画了一个圈儿，以隔亲疏。它要敲定一种不一般的关系，要确立一个优先权，一种先入为主的看重。如果你信赖这种优先权，省略了预先的检视和判断，就把自己托付给友情，相当于排队加塞儿，极其危险。

□□朋友并不可靠，像春天的溪流，是个善于鼓动你僭越理智边界的煽动者。极端需要朋友的愿望暴露了你的弱点。你对友情保持应有的警惕，不热衷于聚会，做事里外不论，渐渐就与朋友生分了。各走各的道，各忙各的事，又不可能在每一个岔路口都意愿一致，渐渐就与朋友失散了。这人以群分的时代充满了偏见和边界，你不是和某人而是和众人站在一起。你接受所有的影响，付出没有差别的善待。推倒小团体的藩篱，就等于打开了大门。

　　喜马拉雅是朋友缺席之地。云在脚下，路在头顶，你是这条路上的陌生人。你不是访友，也非寻隐。把自己托付给未知，发育正常的孤独，乃是生命中必要之物。

《云端的旅行者》,[德]卡斯帕·大卫·弗里德里希

○○女儿，你在周日的早上醒来，窗外是冬雨中的爱丁堡。这打乱了你去图书馆的计划，想到忙碌的周一，尚未收尾的建筑史论文，想到讨论课上别人都结伴分组，而你是唯一的亚洲面孔。你高中的密友们星散于大洋两岸。你没有朋友，觉得孤独。

○○孤独，不意味着哀伤，它只是独自一人，而这是一个人一生中大部分时间的状态。

○○18岁，你戴着口罩，独自一人去了爱丁堡。我为什么要担心呢，敢上路，这是老于家的家风。

○○1928年春天，我爷爷，你太爷爷闯关东，在黄县上船，大连港下船，又坐火车去了辽宁开原，找了一份工作，在一家店铺当伙计。那一年他才16岁，孤身一人。

○○我爷爷不久就离开开原，向北到哈尔滨，又沿着铁道向东到了边境上的绥芬河。在1940年前后，他在绥芬河找了老婆，成了家。

○○1942年8月，你爷爷出生了，不久，你爷爷的妈妈就去世了。我爷爷照顾不了你爷爷，就坐着火车到了帽儿山，又雇了马车去到一个叫黑瞎子沟的地方，找到他姐姐，她嫁给了那里的一个猎户，他把你爷爷寄养在那儿。你爷爷1岁就远离父母，孤身一人，直到1945年才回到我爷爷身边。

○○2019年10月21日，手术前，你爷爷看了你给他录的视频，还对着视频招手，好像你能看到一样。站在医院窗口，他笑着说，再好好看一眼吧，留点儿记忆。他还对护士说，感谢你的服务。然后就坐上来接他的轮椅。那天从八点开始，麻醉签字、手术，直到第二天凌晨两点你爷爷才下手术台，进ICU，没人陪他，都是他独自一人。

○○女儿，我不能告诉你孤独是美好的，我只是想说，它是一个常态。孤独不是"别人不在这儿"，而是"我在这里"。你要接受这个处境，把注意力从孤独的自己身上移开，置身于"这里"，从容、自得，如弗里德里希置身于云端，如荆浩置身于太行。

10 这三个字就是
噩梦开始的地方

□□为了这次徒步，你"搜刮"了大量资料，癫狂地积累"知道"。这是你特有的占有欲，想用知识主导ACT这个话题。服从领队，是徒步者的法则。在安纳普尔纳，你要服从那个满口尼式英语的古隆人Suraj。但你知道，你一定会按捺不住，对照自己的"知道"，挑剔领队的不周。因为你是领导力病毒的携带者，自傲于阅读，自矜于逻辑，自负于表达。

□□聪明掺杂了傲慢，好像牛奶中有了沙子。某个领域的高手，带着自负进入一个新领域，短暂的适应会造成错觉，让他以为这一切都很简单。"很简单"，这三个字就是梦开始的地方，不过，是噩梦。

□□在领队的经验面前，你的已知是假的。领队没读过而你读过的那些历史、地理、诗歌及指南，都是假的。作为阅读高手，你理应夹起尾巴，信任那个装备简陋、邋遢如流浪汉的领队。知道村落名称是一回事，能落实在那个村庄住宿是另一回事；熟记海拔是一回事，能及时让你调整呼吸是另一回事；反应快是一回事，能从经验里找到对策是另一回事。

□□自满者总是对谨慎不耐烦。那一天，路线足够清晰，你甩掉领队，一路狂奔。那就是噩梦的开始。你脱帽开怀，招惹了寒邪。你乱饮水或是盘桓牛栏，感染了病毒。当晚高烧，彻夜咳嗽。第二天，空气更加稀薄，你的咽喉却因肿胀而几乎堵塞。你甚至想，自己会不会死。这都源于一个起初没有瑕疵的判断：很简单。这是痼疾，绝非一时大意。在城市里，你做这样的决策不在少数，教训往往来得不及时。但喜马拉雅怎么会助长狂妄？你的脸面，它毫无顾忌！

　　你不能把"很简单"想得过于简单。渺小的人，岂可对喜马拉雅称大？这一路，你理解了Suraj一个好笑的行为：随处参拜，不管那神属于印度教、佛教还是苯教。他是雪山之子，敬畏一切。而你是城市的分泌物，将自己囚禁在能力的幻象之中，你被傲慢填充，以为可以无视约束。

《七宗罪和最终四事》，[荷]耶罗尼米斯·博斯

○○《七宗罪和最终四事》是博斯早期的作品。在画面中，归于傲慢（superbia）的场景是这样的：一个红衣服女人站在屋子中央，整理帽子；一个魔鬼从她对面的柜子的右侧探出头，为她执镜，镜子里照出的不是女人，而是一个怪物。这似乎想表明，傲慢之人的自知与事实相去甚远。

◌◌峭壁上只有瀑布，没有湖泊。傲慢之人长于倾吐，难以蓄积价值。女儿，塞满成见的内心，就像疏于清理的衣柜。而经验正如旧衣，对当下很少合适。要时刻提防着自己引用经历来证明自己的明智，要提防放纵习气，别以为那是听从内心。出门的时候对自己说：我不知道，我不重要。面对问题，不再挥舞"我能"，而是诚恳聆听。一有机会就要练习对人恭敬。餐馆服务员、絮叨的长者、做清洁的阿姨、土气的门卫、粗俗的司机、邋遢的乞讨者，他们都是你的指引者，让你远离轻慢，而受教于世界的真实。

11 皈依一条路

□□正午，阳光有毒，村庄垂垂老矣。饭后颓坐，眼睛快睁不开了。来路曲如牛毛，有人沿路闪烁。闭着眼，阳光晒着后背，风在领口吹着口哨。睁开眼，山峰蹲在屋顶，像俯视的白猿。它下方，一个光腿的老外用凸透镜点烟斗。再睁眼，烟飘起来，他手中的地图挣扎如大鸟。

□□安纳普尔纳大环线，食宿艰苦，难度不小，雪崩和空难仍在编织着不祥。你想返回，阻止你退出的反倒是一个安慰："之后还有退出的机会。"你一启程就被不自信感染。煮熟的种子不发芽。没有信心，你就总想回头。重点不是信心，而是培养信心太难。有个快速的方法：暂时放下你的思考和聪明，皈依这条荒凉、尘土飞扬的道路。皈依之后，你回不回头、撤退不撤退，都不再粘连后悔和庆幸。你要欣然接受冒险，不再想超越自己。皈依之后，你该放弃抱怨和愤怒，也不要和那些有负面情绪的人抱团取暖。不要挑剔旅店的床铺，不抱怨电源，不责怪手机信号。皈依之后，放下携带的傲慢和无理，你不要相信自己来自一个更先进的城市。当你面对山野，要把自己交出去，诚待所见。每一天、每一段路，你都应充满感激。感激向导，感激开辟这条道路的先行者。当你完成一天的行程，把这一天视为喜马拉雅的宽容和接纳，把脚上的泡和肿胀的小腿，视为喜马拉雅假装严厉的赐予。当你路经险途，遭遇寒冷，告诉自己，很多人都要经历，并非为你定制。皈依了一条路，就不停、不退。这里面没有权衡，只是简单的不退。就像纱布要滤去水中的沙泥，在这个皈依里，没有杂质。阳光再猛烈，也无法点燃森林，除非用放大镜将阳光聚拢。良言再多，也无法点燃信心，因为过于普照，只要守住一个点，就能聚拢能量。那个点不是勇敢，是不退。它生硬而没有余地，但有效。只要皈依，就是不退一直在为你剔除颓丧与忧郁。

《晴天里的卡尼佛洛斯森林》，[俄]伊凡·伊凡诺维奇·希施金

○○每次看到希施金的画，就会想起弗罗斯特的诗《未选择的路》（The Road Not Taken），反之亦然。我能瞬间被他们的作品代入，仿佛我就是一个行者，孤独地站在森林中的一个岔路口，两条路都很诱人，而我只能选择其中一条。我也想另一条路可以来日再走，但前路绵长，已不可能再回来。多年后回首往事，我会想到这个岔路口。在那儿，我选择了一条路，也放弃了一条路，这决定了我的一生。

○○在野外我们经常要选择道路，走这条路轻松，但是走另一条路能看到湖。选择就有选择的理由，也要承担选择带来的遗憾。意志坚定者会一直走下去，如尤利西斯的归家之路、班扬的天路、玄奘的取经之路。他们不是没有退路，只是不退。而大多的半途而废，也不是因为有退路，而是他们一直在给退路找理由。女儿，从玄奘取经的故事演绎出了《西游记》，《西游记》里的两个人物，孙悟空和白龙马，暗指的就是"心猿意马"。你的心，如焦躁不安的猴子；你的意念，像踟蹰徘徊的马。只有料理好心猿意马，才能皈依一条路，最终抵达终点。

12 经验障目，遂成蠢猪

□□雨水走了，留下干净的十一月的天空。群山押上了冰川的韵脚。膝盖受教于长路，你已经找到应有的呼吸。双峰对弈，似俯视着穿越垭口的棋子。你不再饶舌，陷入沉默。这些年，你忙着赶路，然后迷路；抓紧时间，去耽误时间。你以为正确的路就该在这条路上，其实，它在道路之外。所以你每抵达一个目标，都像一次错过；每一次成功，都形同失败。

□□话说智慧是堡垒，你却不在其内。你携带二手的见识启程，却摆出一副真理见证人的姿态。你是自己的倾慕者，在内心供奉自己的固执。有一万本书把格言塞给你，你背着它们上路，走了很久，还不明白，它们不该是你的行李。你依赖思考，相信绞尽脑汁之后的结论。你攥紧经验，却从未意识到，经验只有一个时态：过去时。

□□你的谨慎，祭出那么多如果，去耽误一个结果。你的成熟，用那么多成见，阻止自己看见。你是个害人的好人，熟读经典给的脚本，全将迂腐用于当下，还妄想给未来建言。你的务实，用力过猛，和例外绝缘。你的生活，因富足而陷入贫乏。

□□你经验障目，学识太高，遂成蠢猪。在喜马拉雅，当世界解构了它旧日坚实的表象，自负将死去。旧观念失去了指导意义，好比五月冰裂，道路便在湖面消失。

印度挑夫搬运测量所需的笨重仪器。石版画

○○女儿，对英国人的自负你深有感触。英国人认为珠穆朗玛峰是他们发现的，是1849—1856年从150英里以外的印度平原测量出来的，后来命名为埃佛勒斯，那是当时印度测量局局长的名字。他们不知道1719年，也就是大清康熙五十八年刊印的铜版《皇舆全览图》上已经用满文标注了"朱母郎马阿林"的具体位置。而这张地图只不过是1708年开始的全国测绘活动中的一个成果，那也是人类第一次对喜马拉雅进行精确的测绘。英国人一个晚出130年的自以为是，也是人类自负的写照。

○○我们经常认为这山岗上不会有人，其实早有陈年的村落。女儿，我说过我有个坏习惯，就是每次出发前都要大量阅读相关资料，甚至包括方志、传记。我像一个留级生，老师讲的每一个知识点我都告诉自己：我会。我踩在陈旧知识的肩膀上论断所见。我以为这一路我都抓住了事物的本质，其实抓住的只是经验告诉我的词。我观看一个景观，看到的并不是它本身，而是知识圈定的我应该看到的东西。它本质上并没有野蛮或者荒凉。经验障目，我却没有撕开经验，直面它们。

13 "我"不是个实在人

□□说"我"不存在,并非在语言上耍花招。如果"我"是躯体,这躯体总是变来变去:前一秒和后一秒,细胞不一样;这一年和那一年,记忆不一样;一次手术摘除了胆囊,某段时间,血管里多了些杂质。这个"我",只是无数种不断变化的物质暂时聚合的状态。就像彩虹,生于阳光和雨水的偶遇。若把这种暂时聚合的状态冠名为"我","我"就没个正形儿,是个假象。

□□"我"还是片面的。法国哲学家柏格森说,思想通过将实相切割为便于掌握的小块,从而创造了事物。这是一种强制性的切割。要识别某个东西,智力总是自作聪明地选取那些被认为能代表这个东西的特征,将它们从背景里提取出来,归纳为概念。而这个概念只是一个片面的假象,就像儿童画里,没有地基也可以被识别为房子,没有根也可以称之为树。"我"的概念也是这样切割出来的。没有手臂,人能存活,没有空气,人马上会死。空气才是"我"不可分割的一部分,却被视为"我"外之物。

□□若"我"指的不是身体,而是大脑,那就更麻烦了。"我走"便是病句。而这个被称为"我"的大脑,却总是支配不利。

大脑没命令，膝跳该反射还是会反射，肺该呼吸还是会呼吸。感冒、肥胖、湿疹，也不遵循这个支配者的意愿。身体不听话，意识也不服管，胡思乱想之外，还会犯一些明知故犯的错儿？

所以，"我"是谁？"我"只是被捏造出的一个独立于外界的主体，"我"不是个实在的人。"我的"这个说法就更不合逻辑。被称为"我"这个聚合体里的各个部分是相互配合的，没有什么主宰，也就没有资格宣称"我的"。就像你不能说这是"沙子和水"的石头，不能说这是"铅笔和橡皮"的格尺。

"我"靠在垭口的石墙上，等待心跳慢下来。刚刚，一个陡坡让"我"天旋地转。这是氧气给我的一个提醒："我"不是一个实在人。

第一章 在喜马拉雅的褶皱里 | 065

《那喀索斯》，[意]米开朗琪罗·梅里西·达·卡拉瓦乔

○○《那喀索斯》是卡拉瓦乔的代表作之一。它描绘的是，希腊神话中的美少年那喀索斯（Narcissus）看到了自己水中的倒影，便爱上了它。那喀索斯沉浸其中，逃离现实，对周围的事物视而不见，也不思饮食，最后憔悴而死，变成了一朵花，花名仍是narcissus（中国人称之为水仙）。Narcissism（自恋）这个词，正是由此而来。

○○女儿，"我"很小，也很狭隘。"我"是虚拟的主体。"我的"是虚拟的所有权。"我和他"是虚拟出的一种分离状态。正如把环境视为与自身分离的事物。这催生了"我重要过他人"的想法。女儿，不要用"我"思考，而要用"我们"思考，这样你的内涵就会变大。生命大于"我"，比"我"重得多。女儿，你的生命中要纳入一些你原本拒绝的东西，这样才不会陷于自恋的绝路。西方绘画到了印象派的画家风格为之一变。抛开技法不说，就内容而言，他们并不只是画日出和睡莲，他们也开始关注现实世界的平凡和熟悉的人物。比如马奈，他画街头的醉汉、艺人、拾荒者。这些边缘人第一次被画家看作"我们"的一员。这些囚徒窭客高大地矗立在画布上，那个位置原本是要留给皇室、贵族和富商的。这些绘画重写并深化了西方绘画的人文情怀。

14 他是谁？他是我

□□善良的重点不是恻隐之心，而是要看清实质。你救助路人，往往因其可怜。再年长一点，你会发现，不是他们可怜，而是我们每一个人都很可怜。你面对的每一个他，都是面对某一刻的你。你是观摩他在排练某一时刻的你。他此刻遭受什么，你之后也可能遭受什么。你现在所经历的，也是别人某一刻要经历的。你常被自我缠缚，鲜少顾及他人的幸福。当你不快乐，只顾着想要去除让自己心烦意乱的人和事物，却没意识到你现在的不快乐，别人也许早就经历过。当时你不在乎，觉得与己无关。你只知道我是我，不知道他也是我。

□□你被"我"圈起来，就变得不完整。每个陷入病痛的人，也是替你承担了病痛。每个死去的人，也是替你而死。因为他们认领了病痛的名额，填充了死亡的比例，他们担当了概率，承受了偶然。无论他们染病或离去，都让另外的人成为幸运者，这另外的人里，就有你。所以帮助他人，就是帮助自己。降低不幸的比例，提升对疾病的胜率，这是为别人好，也是为你好。切记，他们不过是在排练某一时刻的你。明天你们可能换位，你不会永远安坐在观众席。即便某一次你陷入不幸，那也是你替换掉了另一个可能承担不幸的人。如同一个父亲能欣然承担孩子的痛苦。他是谁？他是我。若你能很好地照顾他人，就等于照顾了自己。

○○1889年，尼采在都灵大街上看到一匹马正在被马夫抽打。马承受着鞭子，一言不发，眼含泪水。尼采走上前去，抱住马的脖子，失声痛哭。自此，这个智者失去了理智，至死没有清醒过来。他觉得那匹都灵之马就是他自己！女儿，我也曾在路上悲伤，那是我看到一车被拉去屠宰的无忧无虑的猪。我看到了命运。

○○女儿，你会越来越看清一个事实：我就是他，他就是我。当你看到一个蹬车上坡的老伯，你可以想他是对你爸爸的比喻。当你要踩死一只爬行的虫子，想想流氓去羞辱一个摊贩。当你看见那些带着孩子挤公交车的母亲，想想呵护你的爷爷。

○○安纳普尔纳雪山下的这些孩子，可能没有受教育的机会，可能因为身处僻壤而被耽误治疗。一个孩子求我给他一个卢比，可能他要买鞋子，或者糖果。他们就是我们，也有窘迫求人之时。或者我是一头牦牛，会死于雪崩，或者失足跌落在河滩，或终归有一天要被宰杀，比一个被逼到墙角的人还要无助，因为没有机会。

○○因为他就是我，所以，利益他人即是利益自己，伤害他人即是伤害自己。想一想年迈体弱、无法照料自己的人；想一想生病、承受痛楚的人；想一想贫困，甚至缺乏最基本生活必需品而绝望的人；想一想经历饥饿和饥荒、忍受饥渴之极度痛苦的人；想一想眼盲的人，以及心灵匮乏、鲁莽无知看不见真相的人；想一想不断因为贪欲和嗔恨而疯狂，成为自心的奴隶的人；想一想不断伤害彼此、没有任何喘息余地的人。你要看清他们所承受的各种痛苦。女儿，我希望你能够联想众人，不要把身外的人、物真的就当成身外之物。当你处于危难，别人也会这样待你。

电影《都灵之马》剧照

15 你眼见悲苦，只是路过

□□晨曦初现，如指甲月白。喜马拉雅山脉从黑暗中显影。长路串起废墟般的村落，房子瘫坐在巨大的冰雪金字塔的脚下。海拔越高，餐食越贫乏。加德满都山谷充斥香料的肉食已经被对比美化了。这条路两边，是极致的荒凉和政府军无法清剿的贫穷。

□□在你和那些悲惨之间，有上万吨的沉默。你并非不关心别人，也不是残忍，只是认为自有他人会去扶助，世界还没迫切到需要你站出来做点什么。你丰衣足食，日子还算舒适。比起战火下的苟延，你的坎坷不值一提。你的消费与常人"不同"，却非"不同凡响"。你也有救助别人的行动，你曾捐赠过金钱。但更多时刻，你眼见悲苦，只是路过。你的内心没有生成行动的急迫。

□□陷于悲苦的他们，不过是在排练某一时刻的你。你只知道你是你，不知道他也是你。你该提醒自己：不要再眼见悲苦，只是路过。你要眼看低处，提携所见。那些村庄并未强迫你施舍，它们只是提醒你时刻自问：我可以照顾一个自己，还是更多个自己？

"MAN IN THE MIRROR"
LYRICS BY: SIEDAH GARRETT

GONNA MAKE A CHANGE, FOR ONCE IN MY LIFE
IT'S GONNA FEEL REAL GOOD, GONNA MAKE A DIFFERENCE
GONNA MAKE IT RIGHT

AS I TURN UP THE COLLAR ON MY FAVORITE WINTER COAT
THIS WIND IS BLOWIN' MY MIND
I SEE THE KIDS IN THE STREET, NOT ENOUGH TO EAT
WHO AM I, TO BE BLIND
PRETENDING NOT TO SEE THEIR NEEDS
A SUMMER'S DISREGARD, A BROKEN BOTTLE TOP
AND A ONE MAN'S SOUL, THEY FOLLOW EACH OTHER
ON THE WIND, YA KNOW
'CAUSE THEY GOT NOWHERE TO GO
THAT'S WHY I WANT YOU TO KNOW

I'M STARTING WITH THE MAN IN THE MIRROR
I'M ASKING HIM TO CHANGE HIS WAYS
AND NO MESSAGE COULD'VE BEEN ANY CLEARER
IF YOU WANNA MAKE THE WORLD A BETTER PLACE
TAKE A LOOK AT YOURSELF, AND THEN MAKE A CHANGE

I'VE BEEN A VICTIM OF A SELFISH KINDA LOVE
IT'S TIME THAT I REALIZED
THERE ARE SOME WITH NO HOME, NOT A NICKEL TO LOAN
COULD IT BE REALLY ME, PRETENDING THAT THEY'RE NOT ALONE
A WILLOW, DEEPLY SCARRED, SOMEBODY'S BROKEN HEART
AND A WASHED OUT DREAM
THEY FOLLOW THE PATTERN ON THE WIND, YA SEE
'CAUSE THEY GOT NO PLACE TO BE
THAT'S WHY I'M STARTING WITH ME

迈克尔·杰克逊《镜中人》的歌词，美国作曲人席依达·盖瑞特手写副本

○○女儿，爸爸推荐你一首歌，一首在我十八岁，也许十九岁的时候打动我的歌，即迈克尔·杰克逊的 Man in The Mirror。其中一句歌词直接震撼了我：我是谁？盲人吗？对他们的需要假装看不见。(Who am I? To be blind? Pretending not to see their needs.) 正是这首歌让我开始关注我是谁，我可以是谁。面对需要帮助的人，你不能无动于衷，你必须 Make A Change。若你想要世界更好，就要先审视自己，再做出改变。我觉得迈克尔·杰克逊是个英雄。他告诉一个少年，你不要觉得自己是局外人，不要觉得事不关己，你可以做出改变。

16 你必定高估了
自己的善良

□□你必定高估了自己的善良。尽管你乐于助人，并不杀戮，但在荒野里你也攀折花木，踩踏昆虫。眼见待宰的犬羊，你并不心痛。你曾诘问方言浓重的送餐员为何迟到。你旁征博引攻击宗教教义，把对谈者的信仰当作口香糖随意咀嚼。在辩论中，你当众咬住某人的迟钝，让他被众人的哄笑煎烤。你高估自己的善良，对小恶视而不见。你俗事纷忙，无暇定睛自省。

□□而喜马拉雅，用空旷清剿了借口。安纳普尔纳就像被搬空的舞台，突显你的举手投足。在空无之中，你携带的习气、突兀，惊扰了自己，更令自己生厌。久而不闻其臭，因为没有清气唤醒你。没有镜子，你就看不见自己丑。你高估了自己的善良，与其说是小恶寄生于你的粗犷，不如说你从未以此为耻。你鄙夷的，这里并无人鄙夷；你厌恶的，这里习以为常。你曾随口批评的对象，都不在这里，然而你的不善依然藏不住。那个夜晚，你快意于听闻世界某处陷入麻烦，而电视前的其他人却面色凝重。那一刻，你指认了那个幸灾乐祸的自己。你看见了自己骨子里的恶。你践踏蚁垤，即便它没有挡道。你闲极无聊，砸碎石头。你甚至并未想把它插在胸口，却一把扯下树上的花。你对它们做的，正是手握权柄的恶人对弱者的所为。你高估了自己的善良，却从未想过：如果，你是那只蚂蚁，如果，你是那块无辜的石头。

《来自维尔的女乞丐》,［俄］伊里亚·叶菲莫维奇·列宾

○○女儿，十六岁那年暑假，你选择了一个与此前完全不同的旅行目的地：老挝。你不是去旅游、去探访神秘国度，你是去盖厕所。你的人生进入了一个新的阶段。

○○女儿，除了高山大海，我们还要领略不幸。这是人之为人的必经课程。孟子说："人皆有不忍人之心。"不忍，就是恻隐之心。无恻隐之心，非人也。当我们只照看自己，我们是脆弱的，容易迷惑和焦虑。当我们对其他人的痛苦起了恻隐之心，软弱就被勇气取代，抑郁就被爱取代。你开放了自己，变得更有责任感。你所体念的超出了自己的个体。

○○女儿，你从小就善良，希望你不要把它丢掉。爸爸经常说，希望你以后的爱人是个善良的人。这并非单纯怕你受到伤害，而是因为善良决定了一个人是否人性不虚。

○○女儿，你可以从微小处测试一个人的不忍之心。我们常高估自己的善良，实则我们对不幸习以为常。当众人对电视里的非洲的人道悲剧不发议论了，说明我们的心出岔子了。爸爸不是佛教徒，但我不吃螃蟹，因为我不能对活活蒸死它们这个行为无动于衷。我厌恶那些进电梯后听到跑来的脚步声而迅速关电梯的人。我厌恶那些无视斑马线上的老人，鸣笛而过的不耐烦的驾驶者。我厌恶某些客户的经理人，他们故意不按时回款，只因为他们能从中体验到快感。

○○女儿，这世间很多光鲜的企业家，在钱财上都有不善的恶行。他们商业成功、冠冕堂皇，但在人性这件事上，他们都是下九流。

○○女儿，爸爸从不亏欠别人钱财，却常被别人亏欠。我曾借钱给员工、朋友，他们食言了，数年都不归还。我的善良会因此而荒谬吗？并不，我只对那一刻自己的善良负责。

山西晋城的一个修鞋匠，作者拍摄

17 财富是太行王屋,挡住去路

□□高山寒夜，邋遢的面孔在黑暗中浮现，炉子上的摩卡壶像个小房子，这让你想起20世纪70年代的中国北方，冬天的豆腐坊，打开的门在黑暗的黎明前冒着白气。贫苦的岁月，一碗豆浆也可称美于餐食。四十年来，这个国家甘美之物日渐丰富。时代飘走，你如风扬尘。你努力工作，赢得认同，积蓄房产，搬运物质。你的搜集，霸占了住宅的大半，只留给自己睡觉的一隅。你装备爱好，过量采买。背包、衬衫、镜头、单车，每天你耗费时间使用它们，把玩它们，以印证拥有。

□□财富是太行王屋，挡住去路。移山，你却下不了手。断不了，舍不得，离不开。山，不特指体量，不在高、大。山由心生。困于山的人，如坐缸底，碌碌如蚁。财富，让人着迷。拥有了，又担心贬值，担心失去，担心被毁，担心被剥夺，担心累及生命，担心伤及亲情。财富于你，即便生前不曾失去，到死也不能带走。敢情，积攒财富竟是一个行为艺术。

□□喜马拉雅，预演了对财富的剥夺。喜马拉雅的价值不在于"有"，而在于"无"，很多你的平日所用，全都缺席。你只有一个背包来取舍家当，如犬儒学派般极简地生存。你担心配置不足，却发现并无欠缺，甚至背包里还有一些东西没被使用。这直接质疑了经验中的必需之物。

　　当你可以掬水解渴，杯子也不是必需。还有什么是不可以放弃的呢？你该学习天空，它总在放弃：放弃云，放弃彩虹，放弃飞鸟。失去一切身外之物，那也正常，就当是起初交给你保存的东西，又被拿走。你没理由对任何人生气。若有外力剥夺财富，也是你把自己修炼成一个招揽盗匪的标靶。你甚至应对这个外力心存感激。它移开大山，凿通出路，让你位移到另一个世界。你是个不快乐的人，总担忧眼前要出现窘迫和匮乏，却并不关心长久的安宁。"安能摧眉折腰事权贵，使我不得开心颜。"权贵，也可以用来指代你高看的那些东西，你侍奉得越多，越让自己处于卑微。拿走吧，转身，很简单，就是一瞬间的事。

爱丁堡宿舍窗外，作者女儿拍摄

○○女儿，你能安于简朴。我并没有看到你极度渴望拥有一样东西——好像没有它就觉得自己什么也不是了。但你并非真的不在乎简陋。大一那年，你住在远离教室的亚瑟王座山脚下，你抱怨宿舍狭小，没有独立卫浴，要和同层五位邋遢的男生共享。奠基于物质的舒适有了落差，你的心就不安了。

○○女儿，总仰仗从别人或身外之物赢得安全感和幸福，是焦虑的根源。奥古斯丁，就是主张艺术应抛弃现实世界而反映上帝的那位，他认为，执着于事物本身，反映了一种色欲的、堕落的存在方式。在他看来，人应该把财物当成符号，去解读隐藏在它背后的上帝的理念。女儿，你只要移动财富，就会发现出路。好比我常把书送给别人。赠书与人，我赚到了空间，也提前解除了我照料它的劳役，还赚到了时间。而当你物质贫乏，可以将之看作物质移除后的解放。

18　有一种慷慨叫吝啬

□□中国人的装备是这条路上最好的，甚至一个户外新手也穿着最好。这里有个幻觉，就是花钱能买到最好的结果。

□□毛姆说："钱最大的用处就是节省时间，人生太短，但要做的事太多，所以分秒必争。"用钱去节省时间，并不是视金钱如粪土，而是视金钱为同谋。

□□是你不愿意浪费精力，便付钱去买"不用付出"。本是吝啬情感，却装扮成重情慷慨：不能陪女儿过暑假，就花钱让她出国参加夏令营；下班时才想起没给父亲准备生日礼物，就给他准备一个红包——超出想象地厚。

□□你使唤金钱使唤惯了，大方给予，意图借助购买消除情感的内疚。在人生的中途，你甚至没有学会爱，学会的只是应对爱。

□□离开金钱，你甚至不会表达。你以金钱为雷霆手段，救自己于尴尬。你如此应付他人，反倒分泌出了更多的自我，变成负担。钱切除了你的情感。你的给予，成色偏低。你已变成了常情的局外人。

女儿送的贺卡

○○女儿，我特别喜欢你给我画的那些生日贺卡。三岁的你喜欢这样的表达，二十岁的你送朋友礼物时仍要附上一张亲手画的贺卡。我特别怕你的朋友不拿这张小纸片儿当回事，怕你受到伤害。当然，你送爸爸的莎士比亚的钥匙链，我也喜欢，那里有你的思考。你在英格兰选择了一个礼物，描摹了你爸爸的爱好。当你有足够的钱可以支配，你买了礼物，但你并不会到此为止，而是会用心写一张卡片。多希望此生能陆续收到这样的礼物。希望你不用钱替代一切表达，希望你对钱没有执着。

19 徒手捞肉丸

雪山之下，徒步者中不乏庸众。他们携带着不良的习气走进安纳普尔纳：围扰苦行僧，在湖中裸泳，在禁止拍照的宗教场所固执地按快门。来自这个星球某些发达地区的人类大概以为，既然花了钱来这个国家旅游，整个喜马拉雅就得把他们伺候好。所以，你不能以经济发达程度来衡量文明程度，正如你不能以学历和社会地位来判断一个人的道德水准。

　　今人迷妄，崇拜有大能者，尤其崇拜财富英雄。英雄不问出处，也不问其手段。只要创富就可以叫他爸爸，可以当作楷模。这就是你厌烦身后那个城市的原因。不要看一个人有多能，要看他的不为。不为，就是有底线，不逾越。不为，就是小心持守欲望，过线的事，能做到，但不能做。没有底线的人，不是恶人，而是饿鬼。他们被不满足感挟持，被骨子里的穷浸透，赚再多的钱也没用。他们自认很"缺"，为补缺而谋求好处。他们可以不顾一切，其行为无视禁止，堪比在宴会上徒手去汤里捞肉丸。

　　人之为人，应慎防被欲望侵夺底线，如农民去阻止野鸟侵害庄稼。所有的雪山都有大地支撑。不为，是一切成长的地基。

荷花图《雨后》，李老十

○○女儿，2016年，我带你去看李老十回顾展。李老十最爱画荷。中国古人也多爱以荷花自比。"出淤泥而不染，濯清涟而不妖，中通外直，不蔓不枝，香远益清，亭亭净植，可远观而不可亵玩焉。"女儿，这说的就是要和恶习俗物保持距离，做一个自尊、有底线的人。女儿，这个世界上有很多不怕脏不怕累，踩着道德和规则积极钻营的人。他们是作弊者，但作弊可能赢得比赛，于是作弊就成为更多人的选择。如果插队能抢先登船，就有人插队。本来你是鄙视那些走应急车道的，但眼见一辆又一辆车驶过去，而无人主持秩序，你遵守交通规则的心是否动摇了？这时候你就开始盘算自己的损失，就容易加入被你鄙视和痛恨的那一方。女儿，当你转动方向盘，加入加塞儿大军，那一刻你的挫败无比巨大。你不是赢得了先机，而是把自己弄丢了，变成自己鄙视的人。这是你送给自己的一个黑洞，当这些黑洞越来越多，你就会发生坍塌。不是不报，时候未到。有底线的人会败给没底线的。这并不是失败，而是守住了阵地。你吃了亏，却没在身体里挖出一个黑洞。吃亏是福，说的就是这个意思。

20 不快，很快，
很快就会过去

山峰通红，像刚从火中取出的铁。但乌云暗示暴雨将至，你开始担忧剩余的路程，脚步变得烦躁。

　　思绪总想着避开不快之事，像山路绕着圈儿避开陡峭，这么一来，反倒强化了不快。你总是因为担忧"可能"，便支付了巨额的"担忧"。若"可能"变成现实，"担忧"又有何用？若那个"可能"没有兑现，你投入的"担忧"也打了水漂，收不回来，而你还变成了负面情绪的俘虏。

　　不是那个"可能"伤害了你，而是你用胡思乱想抢先执行了它对你的伤害。不是不允许你不快乐，而是说，当你不快乐的时候，你要提醒自己：那个不快乐，它根本就不成立。

　　即便不快之事木已成舟，你也可以把它看作过去某个行为的延续。就像之前扔出去的一块石头，在此刻落了地。你不用担忧了，也不用逃避，不如就此来个了结。何况，那不快之事，它只要一落地，就算你再痛、再委屈，它也随即开始消失。老子说："反者道之动。"所有的不快，都很快，很快就会过去。

《圣特蕾莎的狂喜》，[意]乔凡尼·洛伦佐·贝尼尼

○○巴洛克雕塑聚焦在情绪高昂的那一刻，它演示着正在进行时的死亡、痛苦和情欲，仿佛观者是剧场中人。女儿，面对不快，你不能做观众看它演戏。不快，只是个过客，它演出时间再长，也终归要散场。你要像个等待散场、好关门关灯的管理员，不在乎它的当下表演。你知道它在台上，但你也知道它马上就要谢幕。你的情绪并不伴随它的表演。女儿，我有个对付不快的极端的方法，就是当身体出现疼痛，我不是马上用喊叫回应它，或者说我不是不搭理它，而是马上望向它的身后，然后当新的疼痛来了，我依然不在这个疼痛上停留，还是望向它身后。我问它：就这？还有吗？当我经历了一次次疼痛，觉得它也就那样儿。我是在接受一处比较麻烦的局部麻醉时发现这个方法的。现在我能做到用酒精清洗伤口的时候，很平静。女儿，这不是个窍门儿，只是我的感受。我想说的是，没什么大不了的，你能让不快加速离开。

21 侮辱这东西，信则有

□□晚上，领队和背夫们围成一圈，边说笑，边将扁豆汤浇到米饭上，用手指捏出饭团。你注意到清晨被领队训斥的那个蒙古人，他的神情里并没有"在意"这个东西。

□□沟通理应如河与河的相遇，但你体会到越来越多的捍卫。你生活的那个城市，人们的情感陡峭，过于敏感的自尊如侍者托盘中的纸巾，而侍者要端着这个托盘在台风天的咖啡座间穿行。敏感会把任何一个遇见的人或事任命为敌手。他人的抵触仿佛是全球直播的侮辱，若不回应，就会输掉人生。

□□侮辱这种东西，信则有。你在意它，它才成立。童话里的青蛙，被亲吻后才变成王子。侮辱这个东西，也是个青蛙，你不理它，它就成不了气候。维特根斯坦看透了语言的虚假：正常的语法可以窝藏荒诞。东北人爱说"信不信我弄死你"，他既然征求你的意见，证明他也没有立即实施的能力。他说"你啥也不是"，这话没错，人本来就是空无的。他还是个哲学家。他说"你戴眼镜是四眼狗"，这不是事实，你并没有在他说出这句话后变成狗，这只是一个修辞，没法实现的臆想。

□□愿意侮辱人的人，是改变了形式的露阴癖，他抱着一个希望击中你的意愿，把自己最龌龊的东西一晃，盼望对方给出尖叫。这种人很好挫败，只要你平静地看一眼，说，真小。他本以为自己的攻击是明晃晃的，而你的不在乎，击中他们的自信，也让他们不再依赖侮辱去赢下沟通。对侮辱你的话，你不能相信语言的幻象，你不能赐予它生命，让它来对付你自己，别让它变成王子，它就是蛤蟆。

○○女儿，你第一次看到我跟人打架是在琉璃厂的一个餐馆里。我扔出一个烟灰缸去砸那个跟我们抢位置的人，然后又把桌子砸了。你号啕大哭，说不要打了，不要打了。我非常懊悔，让你目睹这么丑恶的行径。其实我当时完全可以置之不理，换张桌子就好了，但那时的我恶语不耐受，面子过不去，很把自己当回事。于是，我勃然大怒，成功地把自己和那个粗鲁的男人拉到一个层面，并用更不逊的语言要挟他，用粗俗的暴力去压制他。女儿，那是爸爸自轻自贱的一个典型场面。

《嘲弄基督》，[荷]赫里特·凡·洪特霍斯特

22 痛苦全在这句话里了：你对得起我吗

□□有人忘恩负义，用怨恨与伤害回报你。你的痛苦全体现在这句话里了：你对得起我吗？太多的委屈和后悔，勾勒出一个逻辑：我当初那么做，就是为了你回报我。这说明你骨子里还是认同"值得"这个词，你认为对等的回馈理所应当。这个想法，就是地狱。

□□爱不需要回报，就像筷子不需要第三根。有人处于危困，你伸出援手。这是一个已完成的动作，里面有明亮的人性。就算你帮助的人伤害了你，也不能改变当时他处于危困的事实，不能改变当时你伸出援手秉持的原则。这叫对事不对人。人变了，跟之前你的选择有何相干？要求回报的善行，里面就没什么善了，只有交易。

□□后悔的状态很卑微，非要把高尚的自己往低拉。你对得起我吗？这句话一说出来，就把你之前的善行抵押了，意图换取对方贷给你善意。痛苦全在这句话里了：你对得起我吗？你每天拦住自己喊冤，你看到的不是你，是你被欺负这件事。你以伤为家，像蜗牛背着自己的公寓。"对得起"这三个字，是时间的假动作。你被时间耍了，随后它牵着你耿耿于怀的生命，把你送到终点。

白沙瓦博物馆，作者拍摄

○○"感情投入"这个词很恶心。感情都是油然萌生，不是被谁投入。感情里没有盘算，更不会统计产出。

○○尤其是所谓的爱情，更没资格谈回报。付出的情感不是投资款。爱这个动作，是你沉浸于情感，是泡温泉，不是你向别人伸出援手，救起落水者。于对方无恩，要什么回报？这就像你沉浸于游戏，事后要让游戏机赔你时间。就算你为对方花了钱，那也是充值买装备，为的还是自己开心。女儿，当你陷入爱情，就必定有付出。但是你不能把付出当票据，据此要求回报。你的恋人不爱你或离开你，这和对不起你不沾边。女儿，我特别想让你看一个表情，它属于犍陀罗时期的一个菩萨。他不严肃，不庄重，看到他的嘴角，你就知道，那些不平、恨意，都轻若微尘。

23 关于"你一定会后悔的"这种蠢话

□□要是你拒绝接受自己被拒绝，就会说出"你一定会后悔的"这样的话。一半是虚张声势的劝阻，一半是捍卫面子的谎言。这句话的愚蠢度和另一句话不相上下："你给我等着。"等什么等？往后的岁月，最好相忘于江湖。复仇昭雪、逆袭翻身是小说、影视作品里的戏码，俗世的小挫折可别入戏。不就是你被某人、某组织轻视或拒绝了吗，若援引剧情，不忘复仇，你就真是病了。仇深肯定苦大，日夜煎熬一锅"出人头地汤"，里面煮着一些蠢到家的金句。每日里想的都不是当下今日，而是"有朝一日"。这样的人，看着持重，但凡有点小成绩，一定摇头尾巴晃。什么"今天你对我爱答不理，明天我让你高攀不起"，扑鼻而来的都是小人得志的穷酸。

□□今天的媒体也不省心，格局比公厕小。"当初她嫌他穷，坚持分手，今天肠子都悔青了"，这话摆明了是让"没钱"顶罪。分手就不能是因为这男人太差劲吗？有钱、有地位了，对方就得后悔？就算对方后悔了，她喜欢的依然不是他啊，是钱。这就好比一个孩子打不过别的孩子，找爸爸帮忙，打赢了。但那是你爸赢了，又不是你赢了。

你曾经写过另一句蠢话："为什么你的聪明等不到掌声承认我的高度。"说得好像赚到掌声，你就高大了一样。这句话不仅勾勒出你的幼稚，也贬低了对方的眼光。人到中年，回头再看，一生中接收到的拒绝，都让你信服：没有什么低估。你不会再拒绝那个被拒绝的自己，把拒绝当作提醒好了，不用赌那一口气。

《痴儿西木传》，[德] 格里美尔斯豪森，1984 年，人民文学出版社

○○女儿，跟在"总有一天"之后的词，除了"人会死"之外，其他的都是谎言。不要相信这种话。逆袭翻身当正主，基本上是白日梦。他首先就是仇恨自己被轻视这件事，然后幻想一个翻盘结局。这能满足一个什么心理呢？就是报仇雪恨。所有的努力都是为了雪耻这件愚蠢的事。这些人如此不自信，以至于完全按照俗世给定的价值观、规则，去抹除自己的最初。这就是自轻。当他成功了，又俯视当初俯视他的那个人。陷入如此下作的游戏，这就是自贱。这一个俯视等于承认了当时别人对你的俯视完全正确。女儿，你可能还没看《艾凡赫》，尽管它的作者是爸爸喜欢的司各特，但这本书的境界，不如格里美尔斯豪森的《痴儿西木传》——写了一个人的逆袭，也写了衰落和无常，并没有《艾凡赫》那样的圆满结局。

○○女儿，无论你身在何处，别人都不能真正俯视你，他们只是自以为地高高在上。女儿，你不用寄希望于他们有一天会后悔醒悟，他们不会的。因为你们本来就不是一样的人。他拒绝你，一定有他的理由。你不用操心对方的误判，你只要自己严谨努力。重要的不是他拒绝你，而是你自己拒绝了自己，因为你陪自己的时间更长。

24 恨，就是你一直在复盘早已输掉的一局棋

□□睡梦中的人，像扭曲的树根，又像和往事摔跤。黎明，是一块煤，被早起的女人引燃，又变成白色的灰烬。面包和羽绒服变酸，脚踝抱怨着鞋帮。山峰把影子拍在墙上，你又在旧情绪里开始了新的一天。

□□恨，是往事的回声，是你被一件死去的事拽住了，是你一直在复盘早已输掉的一局棋；恨，是别人劈了你一刀，你没躲开，却总在脑海中设计一个动作去应对那不复存在的一刀。恨，粘住了死去的时间，你的心却一直守在那里。

□□恨，是妄想把别人从你这里拿走的东西抢回来。根本不可能，因为你压根儿就没丢什么东西。那件东西从来不属于你，本来就是别人生命中的东西，你不过是替他暂时保管了一下。当你赢得一场比赛，也并不是对手失去了胜利。胜利就不是他的，你不过是从他手中接过你自己的东西。这种转手是很自然的事，就像你系完鞋带，站起身，从伙伴手中拿回自己的手机。

□□你攀爬峭壁，被掉下来的石头砸中。那块石头本应掉进峡谷，你却抓住它准备敲碎它。你的恨鼓动你抓住每一块砸向你的石头，然后你越爬越慢，越来越沉重，甚至跌落进深渊。所以，你的恨，它要对付的并不是那些石头，恰恰是你。

□□恨乃人之常情，只要你不养育它，不被它蛊惑就好。当它蓄积力量，你只需看着它，不表态，甚至都不要用脚踩灭它。那太看重它了，反倒会强化它。你只需要静静地看，看它无聊的表演。你不拿恨当回事，也就没了敌人。好比你掐灭烟头，火灭了，烟就没了。你若无恨，就天下无敌。

○○我曾经睚眦必报，把人摁在地上用沙子按揉他的脸。女儿，人容易自轻自贱。有人招惹，你就反击，好比有人说杀一盘？你就跟他杀一盘，于是就成了他的对手。我以前特别愿意当这样的对手。现在，一些往事找我，要求再下一盘，我会起身而去。女儿，仇恨的气息单薄，好比你站在山顶，看见山下的灯火，那么远，和现在的你不相干。女儿，你不需要远离尘嚣来获得这样的感觉。你可以借用印象派画家处理远方物体的办法来对付往事——它们被最小化，甚至被取消了立体造型，丧失了形式，被整合进不连续的笔触里，成为整个画面毫无特权的一部分。

《罂粟田》，[法]克劳德·莫奈

25 愤怒是捅向自己的刀

□□路上处处碎石，没人为你铺满地毯。你能做的就是用鞋包裹双脚。世界充满尖刻和恶意，你能做的就是用容忍包裹你的心。你若总带着大写的自己出门，就会觉得任何事都针对你，这种幻觉喂养了你的愤怒。

□□你和愤怒不熟，尽管你常被它裹挟，被它指使，做它的打手。愤怒扮演上帝，貌似后盾。但定睛一看，它什么也不是。它试图制造压力，让你的自尊落入陷阱。像乌云遮住太阳，让你找不到分寸。你如此看重愤怒，它有枪吗？它有队伍吗？怒火能烧死敌人吗？愤怒甚至不是一个有效的防守。你的愤怒，尽在对方的意料之中，没人怕它。愤怒只是个虚张声势的反击，你掏出了愤怒，对准的却是自己的胸口。止怒，并不是要你迁就别人，而是要你放过自己。

□□愤怒的毒盐，会在智慧的大海里溶解。当怒气爆发，你不要追着它，注视它的本性，看着它像潮水不断冲刷你设定的界限，看清它只是个捏造，看明白在背后煽动它的是骄傲和自卑。你要注视愤怒，看出它的幼稚和可笑。你盯着它，直到它就像河面的水汽一样消失，然后让你的不安重新落座。

佛陀坐像局部，巴基斯坦拉合尔博物馆，作者拍摄

○○我此前易怒，皆因误解自尊。女儿，自尊这东西没那么脆弱，不是被冒犯了，它就消失。自尊如铁羽毛，不会被冒犯吹走；如石刻的衣褶，不会被冒犯抚平。它不需要愤怒登场救主。你不要臆想它的脆弱。脆弱的是你的情绪，或者说是你的虚荣。

○○愤怒若不登场，冒犯就是一只射偏的箭。不要跟冒犯者一般见识。"他怎么敢"之类的念头，表明你对人的卑污认知不足。你要看见这都是因为冒犯者陷入迷狂的畸病。对于谅解和放下我们知之甚少，因为我们不知道：冒犯不是敌人，我们的情绪才是。

26 你不能把自己变成另一只疯狗

□□当你被冒犯，往往将冲突上升到光明与黑暗的斗争，然后用"不能饶了他"这样的话煽动自己。你需要明白一个事实：那冒犯你的人很可能是一个病人，是一个情绪的受害者。他陷入了危困，像陷阱里的狗，乱冲乱撞。你若聪明，就不要把自己变成另一只针锋相对的疯狗。那是大愚若智，不解决问题。

□□那冒犯你的人，也许他被人伤害，也许他正陷于一些麻烦，或者他欠缺情感教养，而社会尚未给他矫正。他愤怒、痛苦、神经质，都直接会在他身体上留下打击的痕迹。他正在坠入深渊。你用愤怒去面对愤怒，则是抱着他下坠。这是非常愚蠢的对策。

□□如果它是硫黄，你就不要做木炭。以恶意回击恶意，会助长它对社会的负面解读。你的愤怒，就是鼓励他愤怒。他会对自己说，看见了吧，世界就是这么操蛋。你不能让他陷得更深了。转化你的情绪，就像水绕过石头。愤怒需要对手的愤怒饲养，别去投食。避开它，让愤怒咆哮一声之后丧失了进攻的目标。你该终止他混乱的情绪，促进他的平静和领悟。这是爱人，也是爱己。

《伊凡雷帝杀子》，[俄]伊里亚·叶菲莫维奇·列宾

○○列宾的《伊凡雷帝杀子》将愤怒的恶果诠释得尤其震撼。传说伊凡雷帝在一次盛怒之下，用权杖击打他儿子的太阳穴，导致儿子流血身亡。画面中，伊凡雷帝的眼神悔恨而惊恐，一只青筋暴起的手搂着儿子的身体，另一只手试图堵住流血的伤口。整幅画呈现的是被怒火焚烧后无可救药的现场。怒火中的人很可怜，他们陷入了困境。如果有通道，他们不会这么激烈地要杀出一条路。女儿，你能想象爸爸曾打过猫吗？对不起，它就是你的"磕碜"。我拍打它的脑袋，并不是因为它把屎拉在我枕边，而是因为我那时正陷于困境。那是九年中我最难过的一段时日。女儿，眼见发怒之人，你首先应该想到的是把他从火中抢救出来。即便你做不到，也不要火上浇油。即便他触犯了你，也不要被虚荣蛊惑，为捍卫自尊而针锋相对。你要保自己平安，也要令他安好。

27 你怕了，
所以你嫉妒

□□你进入那个行业只为谋生。尽管你享受那些赢的时刻，但你从未以那个行业为傲。你想等有了积蓄就找回那个已经陌生的自己，做自己一直想做的事。你觉得你会比那个行业里绝大多数人做得都好，但是现在还没人知道你。现在认同你的人，并不相信你换了行业还有竞争力，他们对你的不了解，伤害了你。说实话，你着急了。就算马上换行业，你已经四十岁了，还要从一名新人做起。

□□恐惧制造了嫉妒，就像山峰制造了阴影。当你放大了某个东西缺失的可怕，追问为什么自己没有，你就被恐惧压制了；当你想到你没得到的，却被其他人拥有，当你追问凭什么，你就被嫉妒拿捏了。

□□要认清嫉妒的嘴脸，不要归罪于渴望。嫉妒是逻辑分泌出的毒液，主要成分就是"它本该属于我"。你要申饬自己："本该"是蠢话。若"本该"作祟，就会夸大别人所得，让你着魔于自己的无所得。嫉妒者眼里只有"自己的缺席"，看不到自己可能收获更大。说到底，这是个眼界问题。九年后，你才知道，上天对你有更重要的安排。

《伦勃朗 29 岁自画像》，[荷] 伦勃朗·哈尔曼松·凡·莱因

○○谁都不免嫉妒他人，但将嫉妒转化为正向力量，不失为一个好办法。伦勃朗就是一个卓越的嫉妒者。他嫉妒米开朗琪罗，学习他的构图，又决心超过米开朗琪罗的形象塑造。他也日思夜想想获得鲁本斯的地位，他采用巴洛克的惯例，却能摒弃巴洛克浮夸的风格。他嫉妒古典主义的高度，却拒绝向古典主义意象妥协。他的倔强，表现在他想方设法去进化古典主义的形象。女儿，我承认，我也是一个贮满嫉妒的人。我喜欢伦勃朗。

28 指责，只是一个瞄准的手势

□□有人出于恶意指责你，那是某种情绪操纵了他。那人如同被一只手挥舞的一根棍子。如果你被人用棍子袭击，你怎么可能责怪棍子？你要理解已经沦为工具的人的处境。他恶意指责你，并不能改变他理智残疾的事实。如果你的回应能让他苏醒最好，不要伺机报复。以恶意回击恶意是相当没品的事，是自轻自贱，是自甘与你蔑视的人等同。也莫将指责斥为放屁。这个表态里看不见从容，只有愤怒。显然，你已被指责击中。恶意指责既然虚假，也就没有意义，不妨将其视作天籁，像松涛或蛙鸣。本来就不是对你说的，没有好坏，你也听不懂。所以，随它去。指责之声没什么实际意义，如果有，就当是提神醒脑的秘咒。污名似双脚溅起的尘土，不可能一直飞在空中。风只能吹出旗云，却无法吹走雪山。指责，不过是一个瞄准你的手势，不是枪，它没有扳机。

□□当你足够平静，回去听听指责。如果有正确的见解，就没必要愤怒，也无须羞愧，因为被指责的那些事都已经过去。指责针对的是死去的你，此刻的你只是那个人的继承者。去听听那些对死去的自己的评价，如读前朝往事，而读史使人明智。鹰是被风养大的。在你缺乏勇气去面对自己隐藏的过失之时，你的敌手帮助你看清了它们。就算他不是出于善意，这个指责也算是行善。来者不善，却做了善事。

作者女儿在威海，作者拍摄

○○我有一个敏感的女儿，从小做事认真、努力，但是她很脆弱，受不了被否定。我的女儿会有意保护自己，不擅长的事就不做，她害怕落败，不愿意参与竞争。

○○女儿，所以我们就一直表扬你。你小时候学画画，老师说你画得不好，我说老师不懂，爸爸就认为你画得最好。于是，你就一直画一直画。女儿，你再回想一下，你是怎么样爱上地理的？也是因为夸奖。夸奖，就是弄假成真，先说个谎话，然后把它实现。但对于整个人生而言，这只是权宜之计。

○○十二年级（相当于国内高二）时，你决定报考艺术史专业，但是考试科目里有历史，而你并未选修。你们教导主任给出的意见是，你没资格，你不能报考。女儿，这件事是我们后来才知道的：你把教导主任堵在办公室谈了一个小时，并求得历史老师的帮助，终于让他同意你可以在十三年级只修一年历史。女儿，那一刻你不再是依赖夸奖推动的女孩儿了。为了理想，你已可以面对不利的指认，并坚定地去扭转它。你没有因为一个对前途不利的断言而哭泣，你变强大了。

29 让流言去死吧

一路向西，进入佛陀和镰刀共处的村镇，进入贫困和革命结盟的土地。这里也是被西方媒体一直丑化的秘境——关于死亡、关于屠杀。即便尼共赢得了政权，流言也一直没有灭绝。

　　比起一个政权，针对一个人的流言可能没什么策略性，但是同样虚假。像一个阁楼，没有地基。

　　流言是口香糖，总要吐掉。苦了，变味了，还坚持嚼，嚼到牙根疼吗？所以，让流言去死吧，让它自然死去。你没愤怒，也没有回应，回应了，就变成一出戏。连轻蔑都不要给它，让它去死。流言如炊烟，刚开始是往上飘，一会儿就消散了。随它去，雪山还是雪山，蓝天还是蓝天，它，什么也不是了。

　　最初那些年，你反击流言，那是你太年轻，还看中夸赞。后来你容忍流言，忍，也不高级，还是眼里有东西，还是太在意。再往后，你轻蔑它，轻蔑并不是不在乎，是你在表演不在乎。无视，也不是个好态度，是刻意回避，刻意也耗神。理想的态度是：我知道了。然后呢？没有然后。

《流言蜚语》，[美]诺曼·洛克威尔

○○女儿，上大学的时候，我曾对一个女同学很不满。有人告诉我："她说你像疯狗。"一次聚会中，我对那个女同学提起这件事，她想了很长时间，忽然狂笑不止，她说，我啊，我是说你像"冯巩"。女儿啊，我耿耿于怀的这个流言本就是个误会。即便她真的说我是疯狗，这也是个模糊的指责，会随着时间消散，何况这就是个误会。所以，流言，随它去，Let it be。

30 每一次伤害，
　 都是一笔"横财"

□□不要聚焦伤害。它已经发生了，过去了，如同用船桨写在水面上的字。你不能聚焦于那一刻，你的固执将蒸馏那个伤害，让它的度数变得更高。

□□有一种叫洋蓟的古怪食物，它像一颗硕大张扬的花苞，而去除掉那些浮夸的远离主题的苞片，可以被品尝的部分也就十分之一。伤害也是这样一种东西，它外面包裹着你创作出来的苞片。你能创作伤害，这并非坏事。就像调一张照片的白平衡，你可以把它调到极端黑，可以白到什么都没有。你可以认为，伤害是唯心的。

□□你也可以去检视伤害的本质。要明白，伤害你的人是被迷惘控制。他仿佛是某只手中的一根棍子，只是个工具。作为一个正常人，你没必要对一个工具歇斯底里。

□□伤害也可能是一种馈赠。石头砸了脑袋，不是你想要的。但如果那是颗宝石，就是额外的收获。所以，不妨换个角度去定义伤害：每个砸到你脑袋上的石头都是宝石，或者说，每一次伤害，都是一笔"横财"。

荷叶水珠，作者拍摄

○○夏天，我对一块桌布产生了兴趣。一杯茶翻倒，但是茶水变成一堆水珠，并未打湿桌布，据说它是纳米材质。这与荷叶类似。女儿，一个人总是被打湿，说明其材质有改进的必要。不是说要你无情，而是要不被打湿。不要暗示自己我太惨了，我怎么这么倒霉，我被伤害了。你怎么会被伤害呢？你看那荷叶上的水珠，晶莹也好，浑浊也罢，它们只是接触了荷叶，但荷叶并没给它们赐座，它们只能随风滚动，最终落水。女儿，所谓伤害，如夜雨敲荷，晓看荷叶，却不沾不湿。

31 世上最容易找到的东西就是别人的缺点

越愿意评价他人的人，他背负的叫作"我"的包袱越重。评价别人，实际上是顾影自怜，时刻通过比对别人，强调自己。

　　自恋者眼中，很容易发现别人的缺点。那正是他认为自己可以在比对中得分的地方。但你怎知那不是个幻觉？

　　你无法评价一个人，你能评价的只是表象，而表象下另有真相。即便你触碰到了真相，那也是局部真相。评价就是在拿已知的例子做总结，但例子不是全部。你说你秉持客观，但所有客观都是主观，因它受制于你认知的广度和深度。

　　总之，他人不可论说，因你所论皆为片面。而且你还要用生而片面的语言去组织你的片面。你每说一句话，事实的面目就被割了一刀。

　　你总是轻蔑地评点别人，每一次评点后都会分泌出一些优越感，你收集它们，贮藏起来，去喂养那个叫作"我"的东西。在喜马拉雅的褶皱里，作为多起策略事故的幸存者，你本该安栖于思考，却仍然聒噪地站上了语言的枝条，替一个叫作"我"的东西唱赞歌。

《丑八怪》电影海报

○○有一部苏联电影叫《丑八怪》。12岁的小女孩跟随祖父离开莫斯科，来到了一个小城，成了插班生。小女孩长得不好看，同学嘲笑她是"丑八怪"，还经常欺负她。团体的霸凌，不仅伤害了小女孩，而且裹挟了曾经正直的孩子变节向恶。

○○女儿，这部电影让我羞愧和内疚，因为我在那些霸凌的坏蛋中看见了自己。我从小牙尖嘴利，愿意开别人玩笑，我能迅速发现别人的特点和缺点，然后生动地放大加工它们，再迫不及待地把它们抛给观众，赢得热烈反应。这是个极其幼稚和低俗的习气。但我乐此不疲，还经常以此活跃气氛，毫不顾及他人感受。后来，我不再热衷于此。那是因为，有一天，我讲的笑话变成了笑话。我翻找别人的缺点，却证明了自己的视力有缺陷。女儿，你可以在《丑八怪》的结局中找到我的挫败。

32 言辞如无处安放的刀，总是伤人

日本人愿意神化出刀的速度，西部片里总有掏枪如闪电的牛仔。但在语言面前，它们都太慢了。若论及伤人，出刀远不如出言。因其快速，便被滥用。

　　杂乱的小镇上，两个小贩在争吵，你听不懂他们在说什么，但从他们的语气里，从他们配合语调甩动的手臂、摇动的脑袋、扬起的下巴，你知道他们对自己语言的攻击力很自信。

　　喜马拉雅山脉以南，人们驯服了牦牛、老虎、大象，却很难驯服他们口中的舌头！

　　话语是性情的回音，恶语的花有其好胜的根，好胜里则有高浓度的不自信。你易感伤害，皆出于自卑。就算是被石子打中，也仿佛遭遇铁锤。你出言不逊，如无赖挥舞砍刀，即使对手落于下风，你也无意止步。

　　言辞如无处安放的刀，随时可能变成凶器。你可以借由否定自卑，来练习自信。用沉默的鞘，锁住妄动的心。你要盯住那一瞬间，一言将出，即刻将其拿下。

《启示录四骑士》，[德]阿尔布雷希特·丢勒

○○女儿，去年，在你写一篇分析丢勒的《忧郁》的作业时，我告诉你，你曾看过丢勒的真迹，在澳门博物馆，那是2006年，你3岁。我抱着你看一幅画幅很小的版画，可能是那绵密的线条吸引了你，你贴近我的耳朵说：爸——爸，这——个——好漂亮。那张画就是丢勒的《启示录四骑士》。今天你知道了米迦勒手中的天平是用来称量灵魂的（《忧郁》里同样有个天平），你甚至在分析荷尔拜因的《商人格奥尔格·吉斯泽肖像》的时候也指出了里面天平的寓意。但能让天平变重的恶行很多，恶语也在其中。耶稣说："我又告诉你们，凡人所说的闲话，当审判的日子，必要句句供出来。因为要凭你的话定你为义，也要凭你的话定你有罪。"

○○说一个人满嘴喷粪，看似粗话，实则大有来头。龙树的《亲友书》中提及佛说语言有三种，分别为蜂蜜、鲜花和粪便，充满暴力的有毒的话语如同粪便。满嘴喷粪，伤害别人，也毒害自己。

○○女儿，爸爸是个善良的人，嘴上却没个把门儿的，经常刺伤他人。值得庆幸的是，我的这个大缺点，你根

《忧郁》，[德]阿尔布雷希特·丢勒

本没继承。你是个温暖的孩子，像你爷爷，宽容、善良。你不说脏话，也不说别人坏话，甚至互相不对付的两个人都能和你成为好朋友。但你依然要时刻提醒自己，不要突然失控，伤害他人。你应稳居善良，再做判断。你要只说鼓励他人的真诚语、温暖话。你应该站在当下，告诫自己，你不会被恶语伤害，更不会用恶语攻击别人。

33 骄纵感官，
如以盐水解渴

春天，你和客户坐在50层高的餐厅，他看了眼窗外的海湾，捏起咖啡杯柄说："人，要的其实不多。"十一月，你在海拔3500米以上，不止一次听见喜马拉雅低沉的声音：人需要的其实很少。你渐渐习惯了安纳普尔纳没有咸菜和辣椒酱的早餐，胡椒、盐、蜂蜜、鸡蛋和面饼的组合呈现出味道的丰富性。这就像在寺庙中，眼睛逐渐适应了黑暗，终于感受到壁画的艳丽。

　　你不能豢养感官，又将其哺育成长期敲诈你的恶魔。听不到就不高兴，看不见就沮丧，吃不上就心情不好。若感官独断，就变成了绑匪。你不能骄纵感官，那如同喝盐水解渴。你将受制于"不满足"的毁灭力量。不满足，是因为有个臆造出的缺失，你得抓住更多才会感觉安全。为了压制不安，需要的"满足"剂量越来越大，你就染上了"毒瘾"。五色乱目，五音伤耳，五味败坏味觉。你过度追求快乐，于是毁掉了自己的快乐。

　　只有识破"满足"的真相，才不会再被渴望和贪欲折磨。几多？几少？不要迷信剂量的承诺，你可以用极少的量，建立极丰富的体验，好比用最少的文字表达尽量多的东西。这不是窘困，这是诗。

《静物》,[意]乔治·莫兰迪

○○前两年忽然流行莫兰迪色。莫兰迪追求的灰，在中国的绘画中已经存在了一千多年。女儿，若你去敦煌，重新去感受它的色彩，就会纠正自己的一个认知：印象中认为它们是颜色饱满的。不，其实它们是收敛的，并不把色彩的刺激发挥到最大。像一道菜，充斥着明亮的咸、明亮的酸、明亮的辣。

○○女儿，你会边吃饭边看动画片。在没有手机的年代，我边吃饭边看小说，写作业的时候要听广播。甚至现在我在高铁上必须读书，在写东西的时候必须听音乐，否则就会感觉乏味。不是我们的感官供不应求，而是我们陷于病态，失去了独自置身于当下的能力。

34 心若不静,
　　就编瞎话给你听

□□那天你脱离队伍很远。两个尼泊尔人走在前面，他们扭过头，向你问好，之后几次又回头，眼神异样，让你心生恐惧。几分钟后，你知道了他们是两个欧洲人的背夫，再看他们的笑容，并无异样。你之前的恐惧只是一个没有价值的念头，源于你编的瞎话。

□□感官把它们感知到的各种形状、声音、气味、味道和触感转交给意识。意识却把它们区分为喜欢的和不喜欢的，并且积极体验它喜欢的，回避令它不悦的。就这样，生成了喜爱与厌憎。雪山身上没有一个叫作美的东西，美是意识加工出来的。阴云密布的天空也没有向你传递一种悲凉的气氛，悲凉是意识加工出来的。意识纠集你的经历和习气，改编感官转发过来的东西。没错，意识是个编剧，写完了剧本，再向心"鼓吹"。拍摄雪山在湖中的倒影，不能有风。心也一样，要是被意识吹皱，它转述给你的只有扭曲。我们总说：心想，心想。其实，心从来不想，意识才是编剧。心，是山谷中的帐篷，不想被吹走，就得用绳子拴牢。绳子并不会让帐篷纹丝不动，它是要让心看到风，也看到风的无效。绳子点破了风的虚张声势，指出了它的不可持久。别去控制你的心了，编瞎话的不是它，是风。

看都道從後門走了走了發一聲喊趕將上來一個個如飛似箭直趕到東方日出却纔望見唐僧那長老忽聽得喊聲回頭觀看後面有二三十人鎗刀簇擁而來便叫徒弟阿賊兵追至怎生奈何行者道放心放心老孫了他去來三藏勒馬道悟空切莫傷人只嚇退他便罷行者那肯聽信急掣棒回首相迎喝道列位那里去衆賊駡道禿厮無禮還我大王的命來那厮每圍子陣把行者圍在中間舉鎗刀亂砍亂搠這大聖把金箍棒幌一幌碗來粗細把那夥賊打得星落雲散搪着的就死挽着的就亡擋着的放馬奔西猪八戒與沙和尚些些的跑脫幾個癡些的都圍王三藏在馬上見打倒許多人慌那個是那楊老兒的兒子那賊哼哼的跑將幾個去趕到唐僧馬前掯着頭道師父這是楊老兒的逆子被老孫取將首級來也得更覺大粗細把那穿黄的是行者奪過刀來把個穿黄的割下頭來血淋淋提在手中收了鐵棒拽開雲步赶到唐僧馬前掯着頭道師父這是楊老兒的逆子被老孫取將首級來也三藏見了大驚失色慌得跌下馬來罵道這潑猢猻唬殺我也快拿過去八戒上前將人頭一脚踢了路傍使釘鈀築些土蓋了沙僧放下擔子攙着唐僧道師父請起那長老在地下正了性口中念起緊箍兒呪來把個行者勒得耳紅面赤眼脹頭昏在地下打滾只教莫念莫念那長老總不住口道這潑猢猻沒話說我不跟你回去罷行者忍疼磕頭道師父怎的就趕我去那三藏道你這潑猴兒惡太甚不是個取經之人繼盜養姦邪昨日在

○○女儿，你的行李没到，你就猜测法航把它搞丢了，开始懊恼。当然行李最后没有丢，但你却扎扎实实地经历了一次"行李丢失"。《西游记》第五十六回，有一段颇有意味，长老见贼兵追至，道："怎生奈何？"行者道："放心！放心！老孙了他去来。"这里的贼兵便是妄想。"大道修持怕有心"，所以要把心放下。女儿，每当我有烦心事，睡不着、胡思乱想的时候，我就想象自己爬到一个山顶去俯瞰下面小镇的灯火，那些让我放不下的事，就是小镇的灯火——那么远，那么小，那么不重要。

35 找到答案的人，就是始终没有离开问题的人

十一月的早晨，你在山中小屋醒来。和你一起醒来的还有昨日的酸痛。

　　要开始一天的行程，得先离开温暖的睡袋。肌肤不悦空气的寒凉，但你还是跳下床，穿衣，用冰水刷牙。你离开睡袋，并非起床那一刻舒适，而是你要做的事比睡袋更有吸引力。

　　和高能量的喜悦联结，就能带动你摆脱眼前取悦你的东西。无路可走的情况很少，大多是没了希望，耽于眼前的舒适。你要怀揣愿景，让它督促你迈过当下。有句话说得好：找到答案的人，就是始终没有离开问题的人。

　　如果你还得爬上更长的阶梯，不能犹疑，莫要耽搁，尤其要离开那些决定不走的人。你要明白紧迫性。若有一只蝎子落入你的领口，你要做的就不是行动，而是立刻行动。一个猎人，光擦拭武器有什么用？

　　你要对抗倦怠，不去和那些不快纠缠。你披挂坚忍，懒散的箭就会折断。不要离开大的愿景，要知道自己所图为何，找到答案的人，就是始终没有离开问题的人。

《浪子回头》，[德]尤里乌斯·施诺尔·冯·卡罗尔斯费尔德

○○四十岁的时候，我发现自己走在一条错误的路上。世界蒸蒸日上，内心大敌当前。我想起从少年开始的多次离家出走，我厌恶自己的按部就班，耻笑自己对某些事的容忍，对自己辜负他人感到恶心，我甚至已经厌烦分裂的自己。一个我，在洪流般的马拉松选手中奋力奔跑；另一个我，却停下来，想倒退回起点，倒退回那个孤独的入口，重新掂量与世界的协议。在一个追逐财富的城市，这种行为被人不齿。这就撤了？刚赚几个钱？想想你的财富，能照顾好该照顾的人吗？有没有责任心？你有什么资格撤退？那一年我没下定决心退出，却还是离开熟悉的城市，走向荒野。当我在荒野中行走，我想我是在练习倒退。女儿，凡事抓紧，正如鲍德里亚所言，接下来的每一天都是"你余生的第一天"（The first day of the rest of your life）。

36 珠穆朗玛
来自何处

自公路消失之处，你将进入一段漫长的旅程，不能跳过，无法快进。漫长，是个有益的教诲，它否决了倦怠的非分之想，剥夺了懒惰讨价还价的权利。漫长，将急躁逼到拳台一角，不停地揍它。

　　急躁，是不懂事，不懂万物诸事皆有其时，不会提前登场。世界之巅的传记并不回应读者对天才的想象，没有传奇的崛起以及超常的速度。追问珠穆朗玛来自何处的人将被告知：它来自深海，走到今天，耗时3400万年。

　　俱往矣，大海不会回来寻找遗落在高山上的贝壳。你也会忘记你扔在这里的抱怨。山如骇浪，不厌其烦地重复，一路将你高高地举起，又将你抛进深谷。盐，沁出皮肤，渲染了衣襟，又在眼镜腿上集结。专注于崎岖起伏的行走者，领会到了体能的局限，又从局限出发，触摸到令人绝望的广阔。

　　肩膀酸痛，腰部酸痛。行走之外，你无所依凭。当抱怨蒸发，漫长也失去了它的刻度。你的双脚对大地有了足够的了解，它们静默地踏过喧哗的石子，持续行进。

《从佩瑞斯河谷眺望斯诺登峰》,[英]约瑟夫·马洛德·威廉·透纳

○○女儿，你最喜欢的透纳是个极其认真的画家。他的风景画看起来恣肆而有戏剧感，但他在创作时根本不会狂飙写意，他的步骤严谨。他在考虑上色前，都会认真研究画中的光与影。罗斯金说："如果你看到他的一幅粉笔素描，你就再也不会碰色彩了。"所以，透纳不是靠才华闯世界的。女儿，你也是细腻严谨的孩子，又有韧性，并不总生起抱怨。面对接踵而来的考试和论文，你总是认真复习和准备。女儿，每学期结束后，你都发现自己离那个一无所知的小女孩更远了。春假时，你的同学有的去土耳其玩，有的去法国玩。而你仍有资料没有读，还有功课要复习。不是你笨，也并非他们专业轻松，而是你不松懈。这是含金量很高的自觉。

37 痛不丧志

经幡嘭嘭作响，像大风中晾晒的衣服。皮囊浮肿，呼吸沉重，脚被路捆绑，挪动艰难。鹰浮在空中，汤碗里一片旋转的菜叶。人生总有些选择，不可强说对错。目的地尚有距离，若你倒下，会给其他人增添麻烦；若你下撤，也需要徒步几日才有车坐。抉择在你。

　　夜沿着台阶上涨，直到溢出山谷，涂黑了天空。兽群攻击午夜，那是风涌入了峡谷。门在尖叫，同屋的队友已经下撤，雪把月光塞进窗户。明天是艰难的一天，疲惫却不能将你拖入睡眠。你藏身睡袋，缩成一枚咳个不停的蚕茧。气管被炎症收窄，每一次呼吸，空气里都暗藏利刃。脸颊紧绷如湖面，胸口塞满冰凉的石头。往事的碎片喂养着焦虑，你必须忘记曾经，忘记挫败，忘记已无力挽回的事。那么多结束又一次结束了。水壶一次次把热量传给你，想起那些被你辜负的人，想起那些对你的信赖，你就口渴，就可怜自己。信念和痛苦没有关系。痛苦往往成为借口，其实它只是成本，再积极一点看，痛苦可以是投资。

　　当你痛苦，就会对世界不耐烦，把自己浸泡在情绪里，你觉得其他的事都是打扰，容易迁怒他人。失落不可怕，可怕的是你把它归结为：世界合力对付你。当你被痛苦折磨时，你应该意识到，这只是个概率问题。这个百分比，不落到你身上，也要落到其他人身上。同样的东西还有死亡率、伤病率。你病了，但你承担了一个名额。你把自己的身体给了疾病，另外的人则赢得健康的机会，有人因为你而平安顺意。这也许是一种比较正面的思考。当你的心认识到这种担当，你将焕发出从容。所以，当你得病，当你走到人生的谷底，可能比登上垭口收获更多。看明白了，你就不会雇用挫折来演戏，你就不是陷入低谷，你可能正站在一个顶峰。

ACT 途中，作者拍摄

○○堂吉诃德被人暴揍,"他瞧自己实在动弹不得,就应用惯伎,默想他书上读过的那些情节",如果他觉得那情节和自己的处境恰好相似,就在地上打滚,好像疼痛得厉害。

○○女儿，在痛苦来临之时，我们一直在表演痛苦。可能我们受了电视剧、小说或明星的影响吧，这种表演的痛苦和真正的伤害之间相差甚远。女儿，你不能因为电脑故障导致答案没被录入，就厌烦爱丁堡的雨天和不打扫厨房的邻居，就觉得世界在联手对付你。你说，爸爸我怎么这么倒霉呀！女儿，这不是倒霉，这是正常待遇，而且也没你说得那么严重。你不能光吃糖，不接受痛，光下坡是走不到山顶的。

38 有什么不是从头再来

迎面的人眯起眼跟你打招呼，他的马蒸腾着热气。朝阳把你的影子推到前面，牵引着你。脚步一笔一画地挪向山顶，仿佛边斟酌边写出复杂的汉字。500米爬升后，又要下降300米，有点前功尽弃。起起伏伏，从旅程开始的那天就是这样，从海拔1300多米的加德满都出发，要去5400多米的垭口，却先下降到海拔820米的BesiSahar。几百米的便宜一下子就没了。积木被碰倒，孩子会号啕大哭，因为，得从头再来。"从头再来"特别能煽动狂躁。你觉得这是倒霉，是意外，可又有什么不是从头再来呢？你能像回到房间一样回到昨天吗？不能，因为昨天死了，每天都要"死去"，从头再来的每一天又都是生命新的一天。

　　用过的功未必有回报，攒下的东西不一定留得住。正如春来雪消、风吹花落。你储蓄下的成就，很快被清空，可能只是给更大的成就空出位置。抓住今天的成就不放，是你的障碍。你在专业里拥有一个地位，像庙门口那只狗找到了阳光最好的台阶。这位置让你舒适，你会变得小心，不想因变动剥夺它。你的见识也被既得利益绑架，失去了当你什么也不是之时的睿智。你没有看到眼前位置的不可信，在犹豫中错失了刷新自己的机会。有什么不是从头再来？四季轮回，你却拒绝"重新"。树枝撕碎菩提亚人的袍子,他们便撕下一块系在绳子上,那上面早有白色或蓝色的布在飘荡。他们面对损失的动作如此轻盈。有什么不是从头再来呢?失去的旧事业也给新事业腾出空间。对旧生意踩了刹车,却先手拿到新合同。从头再来,就是再次新生。起起伏伏,在一呼一吸中,你死去,活来。

《商人格奥尔格·吉斯泽肖像》，[德]小汉斯·荷尔拜因

○○女儿，若讲某个老人破产后东山再起的故事给你听，那就是一个酸鸡汤。不要尝试把失去的抢回来，我只想告诉你，随"它"去，它只是为你新的状态让位。

○○说说荷尔拜因吧，因为宗教改革反对教堂悬挂偶像绘画，他没了生计，只好去了伦敦。结果你知道，他的创作却达到了巅峰。所以有什么不是从头再来呢？再说，到人生尽头，你全部都要失去。正如同当你降生，就拥有整个世界。所以，无所谓拥有，无所谓失去。你只是领略它们，世界从来不属于你。老子说："夫物芸芸，各复归其根。"芸，就是草木枯黄之色。这说的便是，人生一世，草木一秋。大不了，从头再来。女儿，后面的话，我说的可能暮气重了，你可以持观望态度。

39 提防勤奋

屋顶如倒扣之书的村庄隐去了，白如牛乳的河指引着来路。阳光把手臂涂成骡子的毛色，衣服酿造着身体。当日行程结束于一个尼共掌管的村子，房屋拥挤，仿佛粘在鲸鱼腹部的藤壶。蓝天骄横，时辰未老。想想可惜，天黑前本可以再往前走两个村子。被渴望押解的勤奋，令人身心俱疲。如果知道大目标，就不会陷入今天走得多、昨天走得少这样的烦恼。一样要到某个地方投宿，早到，并没有比别人多累计里程。从这个高山旅店到下一个高山旅店，就是一生，早到有什么意义？快速不是精进。人总是在发现效率的时候丢掉了质量，发现捷径的时候离开了正确的道路。在喜马拉雅，捷径可能更远，近道可能离死亡更近。

　　走得快未必节约时间。仓促和速度会加速时光的流逝，也缩短了生命中无法重来的一天的长度。缓慢行走的一天是漫长的，它能延长时光，让每一小时、每一分、每一秒都更富有内涵，而不是一味地去填充每个时刻。"匆忙行事"相当没智慧，它敲诈呼吸，让你闷头赶路，不为路边的花和雪山驻足。在荒野里，你总是走得那么快，好像担心自己不能在天黑前到达终点。这就是那些年你的内心。后来你只关注眼前的一步一步，不再用"如果"喂养自己的担忧。

作者女儿环勃朗峰徒步，作者拍摄

○○女儿，从尼泊尔回来后的这些年，你长大了。我第一次带你徒步，走的是香港麦理浩径。第二次是环勃朗峰。离开夏慕尼的路上，我们一直在探讨呼吸。徒步何其简单，轮流将一只脚放在另一只脚前即可。但一个合格的徒步者并非一快遮百丑。徒步者的脚步反倒不应该跟随赶路的想法，而是要跟随呼吸。不称职的徒步者会时而快步向前，时而全力加速，时而又突然减速。他们的前行充满颠簸，他们总是呼吸沉重、满脸通红、大汗淋漓。他们并非快速，而是匆忙。女儿，做任何事，都不要跟随"急切"，要跟随你的呼吸。

40 继续走,不要停下来等待公平

夕阳点燃一座山峰，把它挂在Chame的夜空中。杂货店灯光昏黄，店主从眼镜框上方打量着经过的徒步者——他们头戴夏尔巴羊毛帽，对店外筐里同样的帽子不感兴趣。他摊出手掌，抱怨为什么他们不光顾自己的生意。

　　如此熟悉，你认出了那个动作。你也这样抱怨，抱怨不被认同、不被理解、不被选择。你怨言充足，四处诉苦。你觉得诸事顺遂是理所应当，但凡有违预期，便是被厄运砸中。凭什么自己"被拣选"？你觉得吃亏了，觉得委屈。你口中有怨言，似风不歇。

　　为什么？凭什么？你觉得此时理应有人来裁决公平。但是，没有裁决人，没有公平。桥断了，没人为你马上修好。下雨了，没人为泥泞道歉。竞标失败，没有人替你夺回合同。刮台风，也不会有上帝补偿你延误的航班。不要抵触意外。你的旅程不要被正义的呼告剪断。人应该是桥，让意外踩着你走过去，不要让烦恼牵着你的鼻子。这世界没有专为你配置一个审判庭，你不能停下来等待公平。

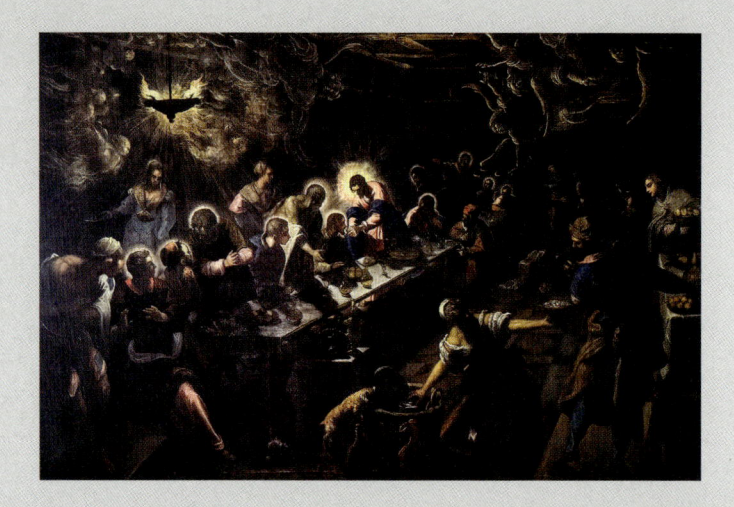

《最后的晚餐》，[意]丁托列托

○○女儿，很多画家都创作过《最后的晚餐》，最有名的当然出自达·芬奇，但我更推崇丁托列托的画作。相比之下，达·芬奇的画作显得呆板而拘谨。传说丁托列托是提香的弟子，因理念不和，被逐出师门。他没有鸣冤叫屈，而是按照自己的路走下去。他一生被质疑，1571年，威尼斯共和国总督为纪念对土耳其作战的胜利，征集作品，他的作品未被选中，还遭到同行的非议。但他根本不屑于呼告公正，而是埋头努力学习前辈的"美的样式"，又能加以变化，创造了别具风格的、充满了想象力的作品。

○○所以，女儿，不要停下来等待公平。压根儿就没有那么一个仲裁人。怨言的生起就是为了干扰自己、阻止自己、拖住自己。你不能中了奸计，让你在等待公平的时候荒废自己。

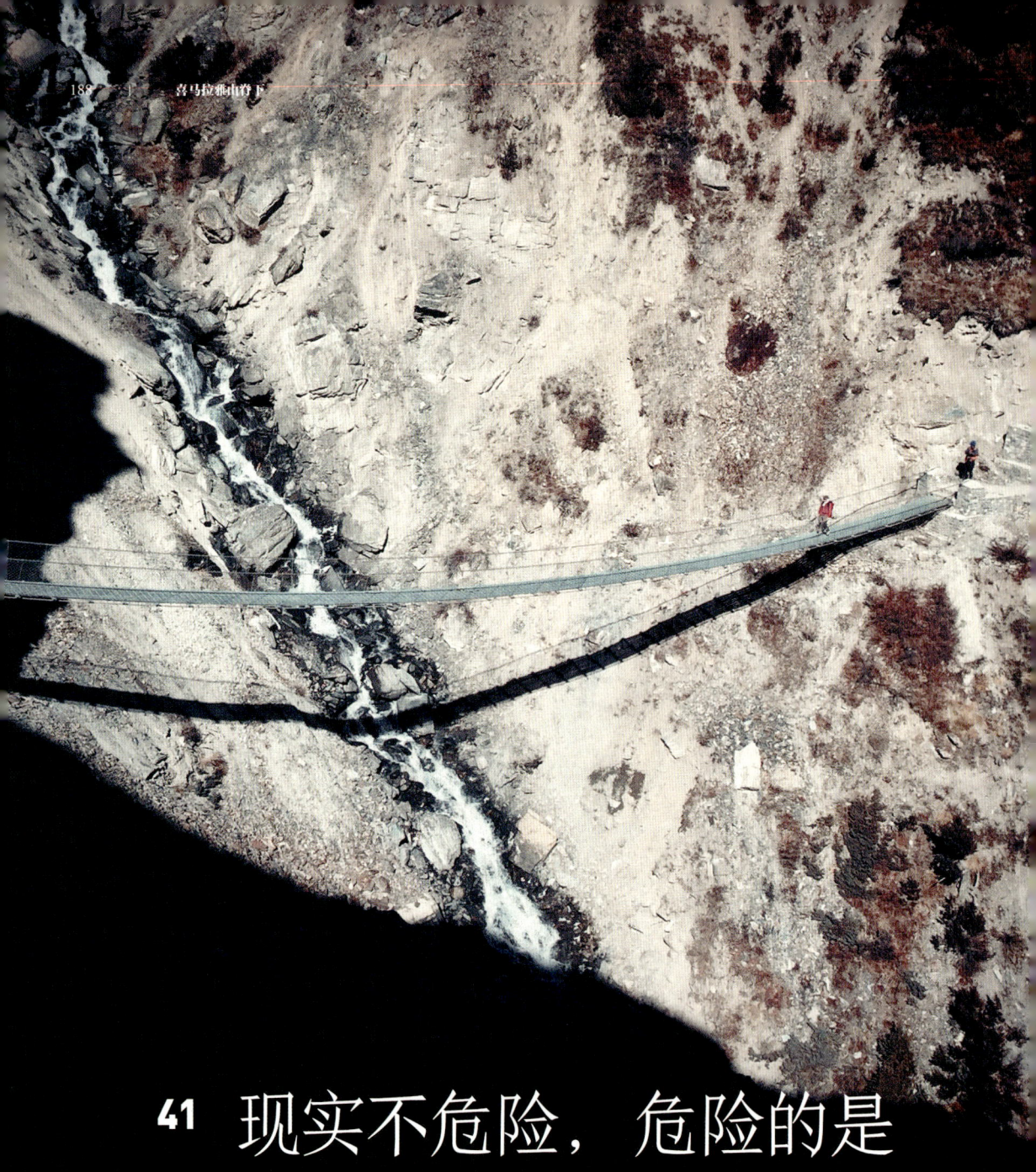

41 现实不危险，危险的是在现实中走神儿

因为山的阻挡，晨光迟迟没有注满山谷。风淹没了行人，坏成筛子的吊桥咬住两边的山路，在河谷上空摇晃。过了桥，有一段上升的折尺路，紧贴山体，还盖着残冰。系好冰爪，抬起头，逆光里，对面山顶的经幡嘭嘭抖动，像心脏敲着鼓。

　　在安纳普尔纳，现实谈不上危险，危险的是在现实中走神儿。这些天你神情恍惚。往事、计划、决定、臆测，念头一个接一个，像路边不断窜出的土狗。身体在移动，心也在徒步。它喋喋不休，像过度搅拌玛萨拉茶的勺子。你忽然想停下来了，想结束这双倍的劳累，结束这焦虑的年份。人不能同时走在两条路上。没人逼你，你是自己逼自己。这几年，你一直是自己愚蠢的目击证人。心思恍惚，荒舟不系，像一个孩子在客厅跟陌生人聊了许久，才意识到，他是不请自来的闯入者。你任由那些念头推门而入，你没意识到，它们是贼，把你偷走了，从当下偷走。

　　这一路充满暗示，仿佛蝴蝶的翅膀，它每扑打一次，都是一扇门对你打开，然而你正忙着回看过往，无视现实。在安纳普尔纳，现实谈不上危险，危险的是在现实中走神儿。

行走之时，把自己交给脚步，而非杂念。杂念敲门，就制止它，不让它有机会絮叨台词。在喜马拉雅，陷入往事，两腿就打结。当你不思考，身体就复活。在喜马拉雅，路上有危险，你要提防自己。

○○法国哲学家笛卡尔曾说："我思故我在。"但笛卡尔又承认，他每天只思考两三分钟，剩余时间骑马、生活。可见优质的思考并非耗时的技能。女儿，你不能在走钢丝的时候思考人生，也不能在炒菜的时候憧憬未来。把自己每日浸泡在胡思乱想当中，一遍遍去摩挲那些往事，好比一遍遍确认门是否锁好，反复去关一个早已关掉的水龙头。这是强迫症。女儿，你不能和胡思乱想打拉锯战，让它消耗你。还是笛卡尔，每天只思考两三分钟的笛卡尔，在晚年就因为生物钟的紊乱而体质下降，一次感冒，转成肺炎，仅仅十天就不治辞世。

《笛卡尔为瑞典女王克里斯蒂娜讲解几何》，[法]小皮埃尔·路易斯·杜梅尼尔

42 在燎原之前发现火星儿

□□如果你无法驯服你的心，还能驯服什么？那站在悬崖上的人，以手遮光，他并非远望冰川，而是窥视内心。活着，是移动，不是从此处到彼处，而是从一种状态到另一种状态。在喜马拉雅的褶皱里行进的中年人，你不是只有身体在移动，你的情绪比头顶的云还要疾速。你不停地评断遇到的事物。念头的火星儿会蔓延成情绪的火海。若能在念头初生的刹那，即有所觉察，就容易拯救内心的草原。观察念头的最佳时刻是每时每刻。你应立刻觉察心中每一个念头的生起，保持警觉。如同在交战中，若你的枪掉在地上，必须马上拾起。如果你被毒蛇咬，你不能无视它，而应立刻把毒吸出来。即便每一个负面念头的毒性很小，你也容易慢性中毒。事实上，你没有时间可以拖延。你口袋里也从来没有一个叫作时间的东西。时间在身外，如同两岸的峭壁，看着你被激流冲走。

□□发现苗头，第一时间扑灭它，不能退后。每当念头的野狗出现，认出它，判定它，看见它的愚蠢，把否定的石头扔给它。如此，那个念头将立刻失去令人信服的力量，不会诱发出你的执着与嗔恨。一路和它保持距离，不跟着它走。让它对你打的招呼落空，它是靠你的响应为食的。你不用自己的回应喂养它，它就消散了，像野狗消失在街巷的迷宫里。

《圣安东尼的诱惑》，[荷]耶罗尼米斯·博斯

○○圣安东尼是中世纪埃及基督教隐修院创始人，他隐居于尼罗河畔的山中。传说魔鬼一次次以幻影诱惑他，干扰他内心的清静，最终都在他的克制和镇定面前败下阵来。"圣安东尼的诱惑"是一个很多人都愿意尝试的创作母题，福楼拜有梦幻剧，彼得·勃鲁盖尔有油画。我最喜欢的还是博斯的同名油画。画面中，圣安东尼跪倒在地，被各种魔鬼幻化成的离奇幻象包围：读《圣经》的老鼠、披挂铠甲的鱼、持刀坐于篮子里的猴子、人面兽身的怪物、飞翔的轮船、屋顶上饮酒作乐的传教士、扭捏作态的裸体女子。同样的诱惑，佛陀也曾经历。魔王波旬万般干扰，都无法撼动他坚忍的心。女儿，你更是经常和幻象遭遇。你的思绪粉墨登场，干扰你的清静。重点并非你遇到什么，而是接下来你将如何应对。据说，圣安东尼是轻蔑一笑，幻象便烟消云散了。也就是说，对幻象要及早否定。女儿，你要时刻保持观照，如行走于危崖，要时时谨慎，不要走神儿。

43 杀他个干干净净

□□你不愿照镜子，镜中那个人站在当下，审视着你，似乎你还身处尴尬的过往。往事如云，你不看它，它的影子还会落在雪山上。没有一个行为会消失得不留痕迹。每一个行为都有一个结果，连最微不足道的恶行，都会有一个恶果。那些被你遗忘、看不见的事，也都在结果。像癌细胞，像安纳普尔纳贫瘠土地下的马铃薯；像羊皮囊，会一直浮在水面。你的现在就充斥着无数个这样的过去。你不信来生，也不信地狱，如果有地狱，那就是现在。

□□每一天你都不能忘记过失，每一刻你都要与它对峙。喜马拉雅的空旷移除了你作为借口的忙碌，真相已无法回避。没有外人，你不必以得体为借口，对自己说谎。先别忙着助人，你正负重前行，举步维艰，你该先放下包袱，丢弃行李。你当除恶务尽，减负前行。

□□今日的你才是自己的主宰，而不是过去的你，或者说你的过去。它寄居在你的懦弱里，时不时探头蛊惑今日的你。它说：过去的就让它过去，算了吧，向前看。但只向前看是没用的，你要拒绝把问题捐赠给明天的自己。你要做的不是擒贼，而是犁庭扫穴。"看前面黑洞洞，定是那贼巢穴，待俺赶上前去，杀他个干干净净。"

《圣乔治与龙》，[意]保罗·乌切洛

○○女儿，我不知道你去没去过伦敦的圣乔治教堂。那个叫圣乔治的人，被视为英格兰的守护圣者。其实他是一个基督教的殉道圣人，经常以屠龙英雄的形象出现在绘画里。丁托列托、拉斐尔、鲁本斯都画过这个题材。神话学家坎贝尔说，神话中的龙，隐喻着对自己的一种执着，世人都被其禁锢，人若成长，就要找到龙穴，杀死它。女儿，人经常有机会去清算过往，没有人围观，不妨真诚点，找出那些过失，除恶务尽。

44 没有痊愈，伤口永存

□□这一路，天地间密布伤痕。山体、河道、树木、屋顶、壁画上的神、劳作者的手。

□□这一路，也没有什么伤痕能够被修复。所有的手段都只是在补救。

□□你不能对"原来"有执念。原来不是什么基本法。苹果上的疤痕、叶片上的虫洞，它们无法痊愈，但它们不是残缺的"原来"，它们涵盖了"原来"。有些问题无解，因为它们本来就不是问题，它们只是新的存在，是更丰富的"原来"。

□□疗愈是个笨想法。可以疗，没有愈，只有存在。有时候，你花时间找路，就会迷路。当你想疗愈，你才真正病了。

□□若你对修复抱有执念，那就是你厌恶伤口，是你的记忆羞于触碰挫折。所以，你想要一个打扫干净的现在。但现实只是时间里的一个独立包间儿。每当你看到现实，也是在复习过去。世界不会像一段祝福那样美好，受了伤，你不会痊愈，但这并不需要挂念。伤口不是残缺，它只是个记录，没有恶意。若你执着于原来，那它就是新的原来。

《多疑的多马》，[意]米开朗琪罗·梅里西·达·卡拉瓦乔

○○许多年后，你会更理解爸爸的话。天不可能永远晴朗，你也不可能永远有伞。女儿，大雨将至。杏树与兰花要承受的，你也要领教。

○○最难熬的时光却是雨过天晴之后。人生中总有那么一刻，你的心会突然抽搐一下，往事就像回旋镖又飞了回来。即便你磨平了伤痕，它也要回来，回来，回来。

○○往事那一关，迟早要过。伤痕从来不是个问题，它不是路障，也不是拦路毒蛇。曾经发生了一件事，留下了痕迹，就这么简单。你可以把伤痕收藏好，经常拿出来给自己看看，以便你能记得"某些过往"，不是记得它的威力，而是记得它已死去。据说，耶稣把手脚上的伤痕给门徒们看，不是要他们知晓自己的痛苦，只是想让每个人都确知，他确实经历了十字架上的死亡，但重点是他活着。

45 遇见更好的自己
——多么蠢的领悟

哪有更好的自己？无非是得到他人更高的评价。随性的你，就是最好的你。不用走很远的路去相遇。谁能担保更好？人不是线性的生长，翦除了此处的苗头，别处又生荆棘。重要的是持续改进，而不要觊觎更好。不要陷于修炼、提升的课程，不要让歪理抽打你的神经。哪里没有导师？你捡起一个松塔，数一数，那里面也端坐着二十粒佛陀。

　　不要致力于遇到自己，你应隐居于行走，忘掉自己。你只需行走，身体回应道路，眼睛畅饮天空，毛孔呼吸着冰川的清冽。喜马拉雅秀色可餐，手杖，正是饕餮者的筷子。你鸟雀般饮食，野兽般奔走。白日，你注满疲惫；入夜，你沉入睡眠。

　　一路向上，矫情的叶子，变小，成针，消失。心脏的炉膛找到了平稳的火焰。你已不关注伤口，不再翻看往事。你只信赖背包，不计算已经走了多久，沐浴着完全置身事外的空静。不投身于野心，不委身于威权，不寄身于面具，不藏身于过往。此时，没有自己，也就没有什么更好，只有无知。这无知的状态，在愚蠢之人看来，毫无成就，何其愚蠢！

《贵妇人与独角兽》挂毯

○○那个晚上，安纳普尔纳的月亮，像颗冰激凌球，从颜色上判断，应该是香橙味的。女儿，你两岁的时候，一直舍不得咬甜筒上的冰激凌球，后来它们化了，摔到地上，你趴在地上用手抓它们，整个中央大街都听得到你的哭声。那是你生命中第几次感受一个完美的东西消失呢？你是个完美主义者，这是最让我忧虑的。女儿，我对你不抱希望，我是怕你的坚持。你是个过于认真的孩子。一年级时，你第一批加入少先队——有十五个人，后来有家长去闹，入队人数缩减成五个，好在你还在里面。我无法想象，你如果不在其中，会有多崩溃。你雅思考了7.5分还不满意，想重考。考大学五个offer你全部接到，如果有一个offer被拒，你也不开心。德拉克洛瓦说，若是一个人只是成为他应该成为的那个样子，他定会疯掉。女儿，不要总想"我本应该怎样""我一定要如何"。没有什么一定，你不能用它自我PUA，它会杀死可爱的自己。对自己都这样冷酷，对别人又怎么会有温情？女儿，你并不完美，也不要朝完美的方向努力。完美正如独角兽，是这世上不存在的东西。别把劲儿用错了地方，不要以他人的评价计算积分，你只需要专注做事，忘掉其他，只要专注，就很美好。

46 长路无尽

□□这条路是甩动的鞭子，放牧着你的迷惘。你赖以取暖的价值观像旧冬衣，被它抽裂，飘出了芦花。对于你，这不是一条朝圣之路，不是求法之路，只是人生中途的一次出走。你感觉无家可归，就去了星球的一角。你和自己闹掰了，就把裁决权交给长路。在人生的中途，你需要向某种力量臣服，连同你的骄傲与颓丧。在人生的中途，你需要一次出走，求教于喜马拉雅，以摧毁心中的固执。

□□然而，这是一次失败的出走。你没有被这条路启蒙，没有顿悟，也未被疗愈。你依然于幻觉中呼吸顺畅，在现实中缺氧。若说收获，是这一路破坏了你和经验之间的深信。当你再度审视，现实已不再逼真。

□□离开安纳普尔纳，你的生活变得更糟，人生摔在地上，变成了残局。九年，那山路缠绕的白色安纳普尔纳，像胶带包裹的快递，不断地重新投递给你。九年，你还在走着。你知道自己一直扛着那个知道。你走着，不断和自己相遇。沉进去，偶尔物我两忘；放下了，也能去来自由。你走着，要走遍四方，掏空自己。

《新娘甚至被单身汉们剥光了衣服》，[法] 马塞尔·杜尚

○○杜尚的所有作品中，在视觉和概念上最具挑战性的是《新娘甚至被单身汉们剥光了衣服》（The Bride Stripped Bare by Her Bachelors, Even），常被称为《大玻璃》（The Large Glass）。这件作品于1915年开始创作，1923年在未完成的状态下被放弃。1927年，在运送过程中，《大玻璃》的玻璃面板被弄碎了。杜尚将这幅作品与碎玻璃一起夹入两块更重的玻璃之间，并宣布这幅作品"偶然"地完成了。女儿，我这本书的完成和《大玻璃》类似。它很早便已写就，然后被搁置，某些部分被打碎修改，又把它夹在新写给你的文字中间。于是，这本书"偶然"地完成了。

○○九年里，你迅速地长大了。作为父亲，我应该跟你谈谈，这本书是一个机会。我不知道你今生会不会去一次安纳普尔纳，那是一个可以反复打击你的地方，那个打击弥足珍贵。

○○心灵是一座永远走不完的迷宫，你没办法绕路而行。很多路要走，很多路不必遵循，更多的行走不必在路上。道路引导你，也误导你。

作者女儿环勃朗峰徒步，作者拍摄

○○女儿，很多个深夜，我会想到，我要是睡着了，就会错过你的短信了。

○○在你的生命里，有一段路爸爸会在你身边，等你再走远点，爸爸就看不见了。当你思考一些东西，你可以翻翻这本书，听听爸爸的絮叨，揣测一下爸爸的建议。

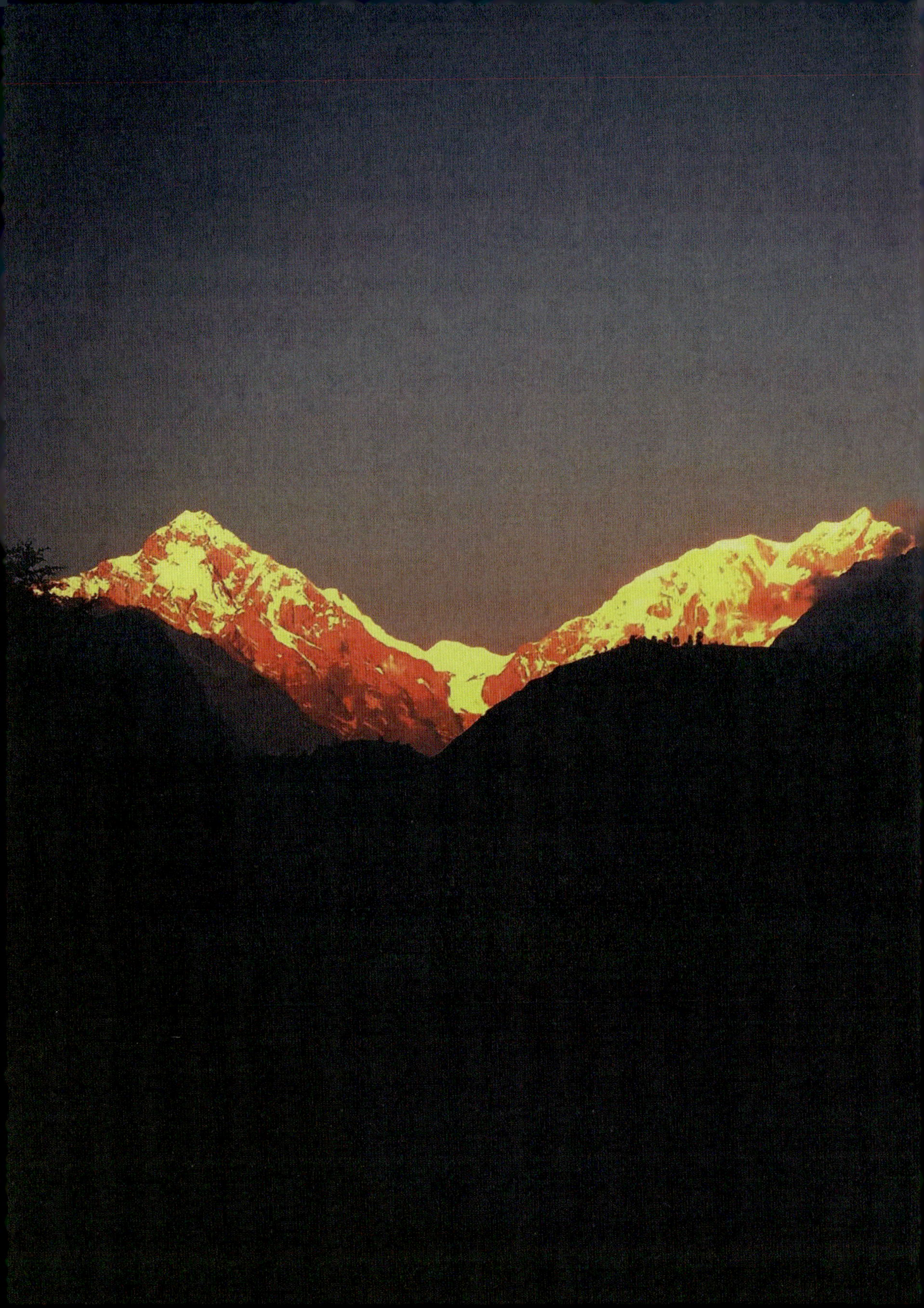

第二章

安纳普尔纳大环线徒步路书

216 | 喜马拉雅山脊下

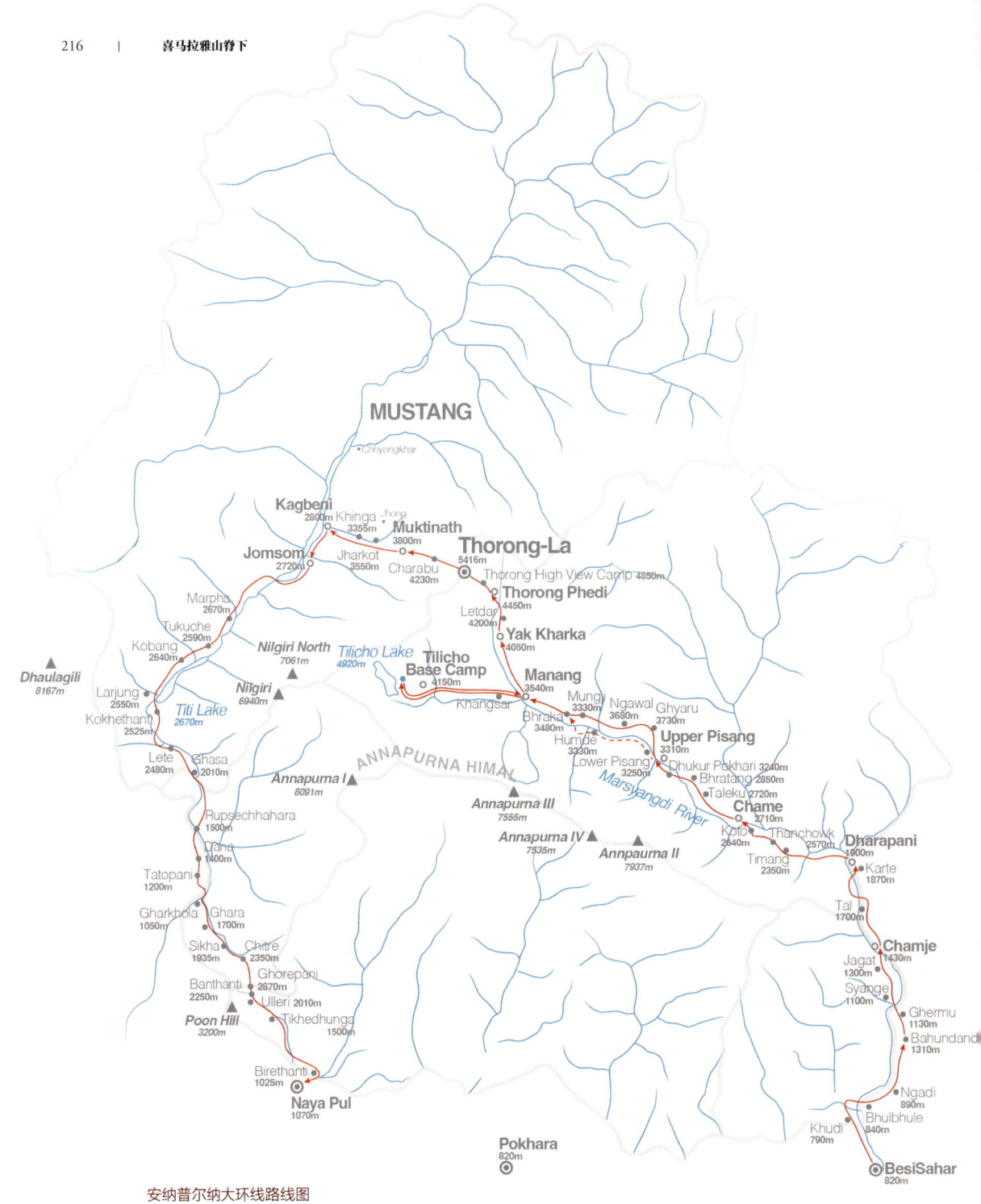

安纳普尔纳大环线路线图
(引自 THE ANNAPURNA WAYS, 2012, Published by National Trust for Nature Conservation)

▽ △尼泊尔拥有众多风景一流、服务完善的世界级徒步路线。其中安纳普尔纳（Annapurna）地区因丰富的自然地貌和特有的人文景观而闻名于世。在安纳普尔纳可以看到三座8000米级的雪山：世界第十高峰安纳普尔纳峰（Annapurna I, 8091米），世界第八高峰马纳斯鲁峰（Manaslu, 8163米），世界第七高峰道拉吉里峰（Dhaulagiri, 8167米）。安纳普尔纳地区有布恩山小环线（Poon Hill）、安纳普尔纳大本营（ABC: Annapurna Base Camp）、安纳普尔纳大环线（ACT: Annapurna Circuit Trek）等多条徒步线路。其中，ACT被《美国国家地理》杂志评为"世界十大徒步路线之首"。一般为逆时针行走，从BesiSahar开始，中途翻越海拔5416米的Thorong-La，到Tatopani附近结束，走完全程需要14～16天。

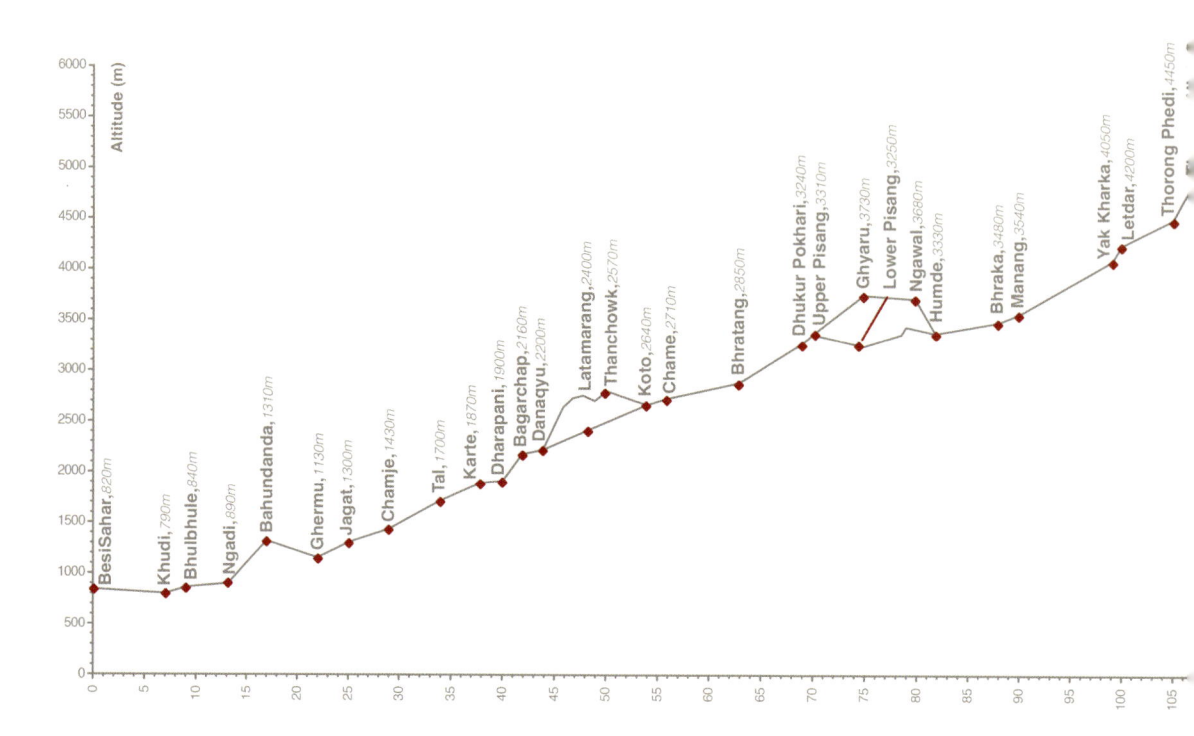

安纳普尔纳大环线高程图

第二章 安纳普尔纳大环线徒步路书 | 219

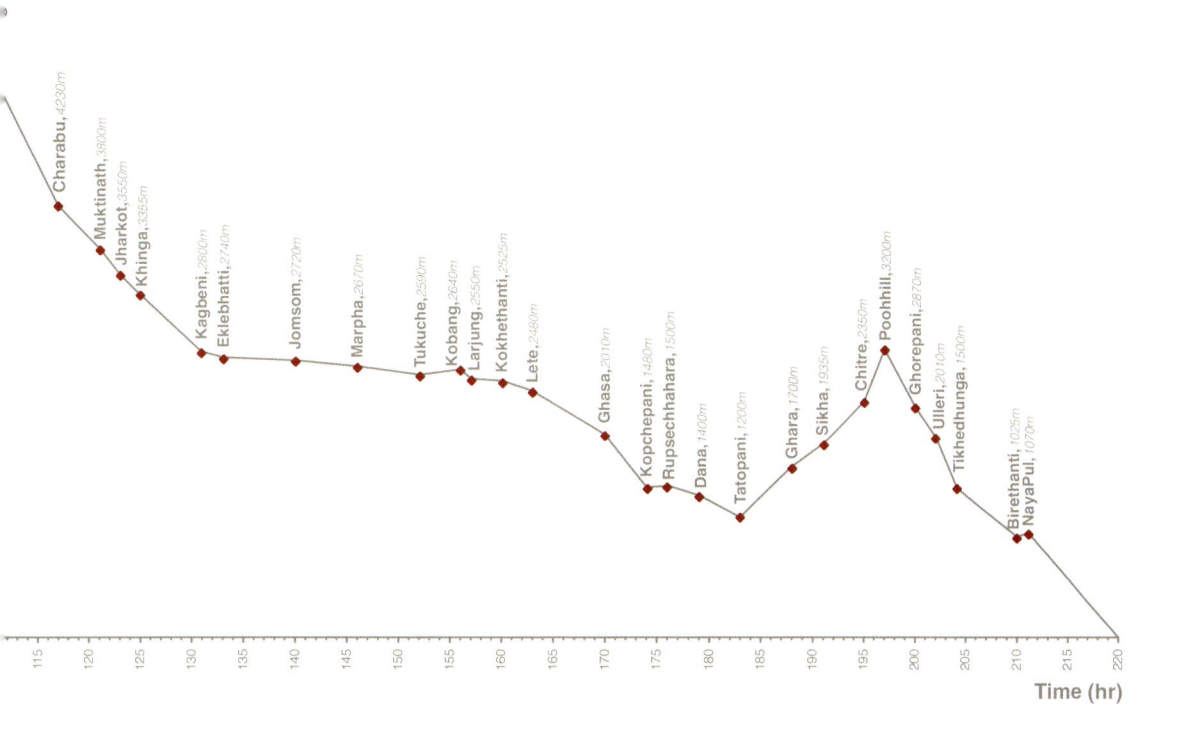

Charabu, *4230m*
Muktinath, *3800m*
Jharkot, *3550m*
Khinga, *3285m*
Kagbeni, *2800m*
Eklebhatti, *2740m*
Jomsom, *2720m*
Marpha, *2670m*
Tukuche, *2590m*
Kobang, *2640m*
Larjung, *2550m*
Kokhethanti, *2525m*
Lete, *2480m*
Ghasa, *2010m*
Kopchepani, *1480m*
Rupsechhahara, *1500m*
Dana, *1400m*
Tatopani, *1200m*
Ghara, *1700m*
Sikha, *1935m*
Chitre, *2550m*
Poohhill, *3200m*
Ghorepani, *2870m*
Ulleri, *2010m*
Tikhedhunga, *1500m*
Birethanti, *1025m*
NayaPul, *1070m*

Time (hr)

加德满都，斯瓦扬布纳特寺佛塔（Swayambhunath）

第 1 天：抵达 Kathmandu（加德满都）

▽△飞机降落时，你会看见笼罩于烟尘之中的加德满都谷地，仿佛一片硝烟弥漫的战争废墟。但这只是表象。来自全球的徒步者大多会住在泰米尔区。在出发前夜，你尚有机会在迷宫般的街巷里寻奇访怪。若有时间，在加德满都这个厚贮历史与宗教的城市里盘桓一周，你依然会不舍离去。

▽△传统的ACT线路始于东端的BesiSahar，终于西端的Birethanti。若自Birethanti开始顺时针徒步ACT，徒步者必须自西向东翻越Thorong-La（5416米），山路陡峭，要爬升1600米，强度过高。因此徒步者通常选择自东向西翻越垭口，也就是说按照逆时针方向行进。所以大多数人从加德满都出发去BesiSahar，从这里开始徒步。

▽△在加德满都，最好办妥ACAP许可证，也可以到了BesiSahar在ACAP办公室办理。否则，到了Dharapani的ACAP检查站，就需要为许可证付双倍的价钱。

第 2 天：Kathmandu—Chamje

▽△清晨，我们直奔加德满都的Gongabu汽车站，搭长途客车（也可选择价格贵一倍的旅游大巴）前往大环线的起点BesiSahar（820米），涂装花哨的客车先是沿着拥挤的普利特维公路（Prithvi Hwy，以1769年一统尼泊尔建立沙阿王朝的廓尔喀国王普利特维·纳拉扬·沙阿的名字命名）向西行驶，至Dumre再换道北上，堵车不严重的话，也要6个小时才能抵达BesiSahar。这是一个相对繁华的集镇，以往徒步者在镇上的办公室盖完TIMS章就开始徒步了。而如今公路已经向上延伸，大多数人都会乘车，略过最初的路程。我们找了辆车，沿着马斯扬第河北上，直接越过Bhulbhule（840米）、Ngadi（890米）。蕉林和稻田已消失，汽车在山坡上爬升，接近古隆人和马嘉人的村庄。河谷逐渐收缩成V字

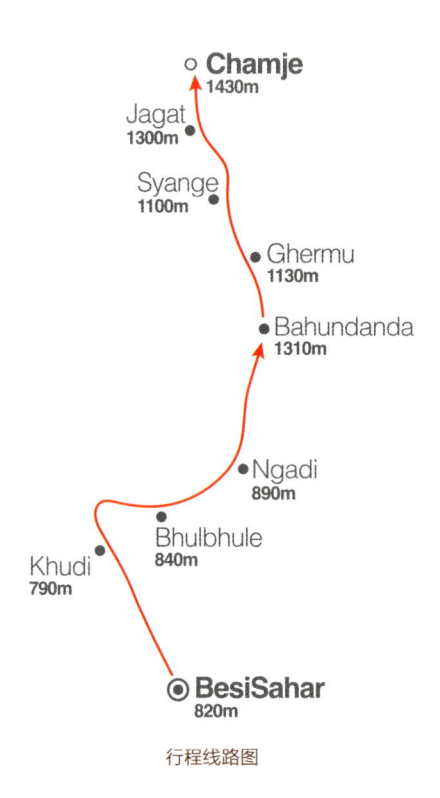

行程线路图

形的裂口，快到Bahundanda（1310米）时，一辆TATA车坏了，堵了整条路，旅客们都下车抽烟、聊天，这时看到从一辆车上下来几个中国人，一问是援建水电项目的，他们的电站就在下面的Ngadi（890米）。在中国的帮助下，尼泊尔有越来越多电站建成，电力输送到加德满都，也让曾经只能依赖太阳能的大环线得以通电。一个小时后，车修好了，夜色淹没河谷。车在峭壁上压着恐龙蛋般的石头摇晃向前，经过Syange（1100米）、Jagat（1300米），在子夜抵达Chamje（1430米）。

涂装花哨的 TATA 车

在 BesiSahar

第 3 天：Chamje—Dharapani

▽△早晨，推窗即见哼唱一夜的瀑布。从Chamje出发，我们穿过木板房中间的夹道，出村，时而迎面过来的当地人对你说"Namaste"。下到河谷，走到对岸的徒步道。下一站是Tal（1700米）。Tal有很多旅店，不着急赶路的老外晒着鞋和多毛的身体。五彩房子种在蓝色的河边，背靠几乎九十度的悬崖，三条银色的瀑布垂挂其上，如白色的哈达。沿着河岸的栈道走出村子，穿过一小片白色沙滩后又开始爬山。两个小时后到达Karte（1870米），这里行人稀少，异常静谧。再继续走半小时，就能看到吊桥那头的Dharapani（1900米）。

▽△Dharapani村口的标志是一座石头佛塔，从这里往北的藏传佛教村落都是这样的风格。这种尼泊尔式佛塔，中国人并不陌生。如元代北京西园之"凌空"玉塔、北京白塔寺（妙应寺）之白

行程线路图

塔、五台山佛塔，皆为尼波罗（今尼泊尔）工匠阿尼哥监修。

▽△Dharapani北侧的ACAP检查站外坐满了徒步者和背夫，你需要在此进行登记。Dharapani之前，都属于大环线的低海拔段。过了这个村，直到Manang（3540米）是中海拔段；从Manang到5416米的Thorong-La，是大环线的高海拔段。大环线串联起几百米的河谷和五千米的雪山，一路上跨越了落叶阔叶林、常绿针叶林、高山草甸等多个植物带。移步换景，气象万千。

木板房中的夹道

行程线路图

Chame 的夜晚

第4天：Dharapani—Chame

▽△从Dharapani（1900米）出发，我们沿着陡峭的小路上行，海拔上升约500米后到达Timang（2350米），继续走，穿过一片森林，经过传统村落Thanchowk不久后，安纳普尔纳二号峰（Annpaurna II, 7937米）的7744峰再次出现在前方。这表明你即将走进Koto（2640米）。右手边，Nar河冲出Nar-Phu河谷，汇入马斯扬第河。刚在Chame采购完的菩提亚（Photia）人迎面走来，他们是藏民后裔，背着陶罐和筐，边走边纺着毛线。逆光中他们步伐缓慢地上桥、过河，走进狭窄的河谷。河谷尽头，是他们石板堆垒的贫瘠村庄。

▽△Chame（2710米）是Manang地区行署所在地，有旅馆、网吧、徒步用品商店、卫生站和银行。在村口，你会经过一座装有转经筒的巨大玛尼墙。接近Chame时，你能观赏到安纳普尔纳二号峰的景致。夜色中，小卖店的灯光打磨着狭窄的石头路面，屋顶之上，半空中的金山尚未燃尽。

第 5 天：Chame—Upper Pisang

▽△我们从 Chame 出发，过 Taleku（2720米），从小路穿过陡峭狭窄的山谷深处的森林，抵达 Bhratang（2850米）。再向前，一公里长的黑色石灰岩断层，在河的上方将两处悬崖衔接在一起，当地人称之为鬼石，古隆人认为这是上天堂的必经之路。沿着新凿出的公路，接近 Swargadwari Danda 山的弧形大岩壁。再次渡河即可来到马斯扬第河南岸，此时海拔已上升到3080米。高耸的冰川造就物——Paungda Danda 岩石撞入眼帘。

▽△沿着小路一直攀升至热闹的 Dhukur Pokhari（3240米）。此后来到岔路口，一条通向 Lower Pisang（3250米），一条通向 Upper Pisang（3310米）。自 Lower Pisang（3250米）之后的道路会一直沿着马斯扬第河南岸的公路走，紧贴安纳普尔纳二号峰和四号峰的山脚，经过

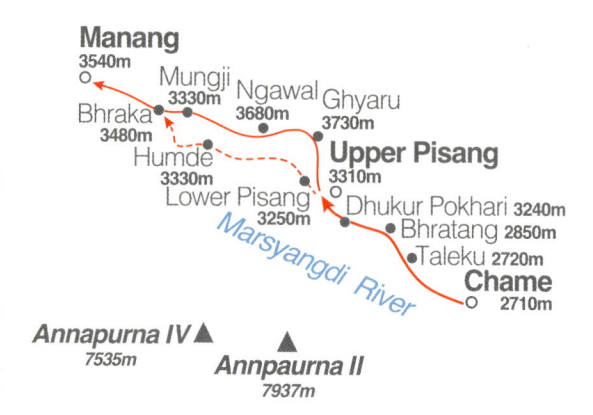

行程线路图

Humde（3330米）到达Manang，海拔上升缓慢，通常一天可以走完，这条线被称为Lower Pisang Route。而前往Upper Pisang的道路在河的北岸，之后会爬升至Ghyaru（3730米），经过Ngawal（3680米）和Bhraka（3480米），抵达Manang，这条线被称为Upper Pisang Route。经过村庄之后，循着路标，过河到北岸。一条小路将带你到Upper Pisang，这是安纳普尔纳地区典型的藏式村落，铺排于陡坡之上的片石迷宫。街巷空无一人，但家家都有旗帜在风中作响。

Upper Pisang

第 6 天：Upper Pisang—Manang

▽△早晨，出村，回望Upper Pisang，远处的雪山是安纳普尔纳山脉东端的兰琼雪山。用不了多久你就会走过一堵古老的玛尼墙。石片上刻着六字真言。此后是一条400米直上的陡坡。再经由连续的"之"字形路线，到达半山腰的Ghyaru（3730米）。中途有一个取水站和一个茶屋可供歇脚。休整后一路稳步向上，看到白塔，那就是Ghyaru。当你站到白塔前，终于可以看到安纳普尔纳二号峰最高的7937峰了，低处的山体再也无法将其遮挡。我一个人走在队伍的前面，听见两个徒步者指着远处说，那里有张脸。果然，双眼、鼻梁、嘴巴，甚至连眉毛都惟妙惟肖。后来才知道这就是著名的人脸雪山，它在高处照料着安纳普尔纳群山。走Lower Pisang Route的徒步者是看不到这张脸的。于此，安纳普尔纳三号峰（Annapurna III, 7555米）也一览无余。Ghyaru略显沧桑，保留着时光的划痕。离开Ghyaru村，道路趋缓。行人和绿色被远远地搁在身后，山体变成褐色。安纳普尔纳山脉完全阻断了季风对这一地带的影响。在一年中的大部分时间里，生活在这里的人们以放牧牦牛和种植庄稼为生。这里也是尼共的地盘。当我回看村子，谁都没有跟上

来，天地间只有我一个人。我一口气走到Ngawal（3680米），经过Mungji（3330米），抵达Bhraka（3480米）。冰河在此拐了个小S形弯，就像飘动的碧玉带。暮色中，这条孤独之路最终把你领向大环线上最后的大镇——Manang（3540米）。

行程线路图

玛尼堆

人脸雪山

在 Ghyaru 眺望安纳普尔纳二号峰

行程线路图

通往大本营（Tilicho Base Camp）之路

第 7 天：Manang—Tilicho Base Camp

▽△Manang是一个大镇，可以在这里补充物资。在前往Thorong-La（5416米）之前，有人会在Manang休整至少一天以适应高海拔。出Manang，到了马斯扬第河河谷两条上源汇聚之处。左侧是从Tilicho湖发源的Khangsar Khola河，右侧是Thorong山脚发源的Thorong Khola河。在分汊口，若去Tilicho湖，你要左转。过吊桥再来一段漫长的爬坡，到达Khangsar村。前往Tilicho湖有高线和低线两条路。高线从村后山上的Upper Khangsar开始，一路爬升，翻过5000米的高山，下到4150米的大本营。爬升超过2000米，极耗体力，绝大多数人不会走高线。我们选择的是低线。这条线的精彩全在后半段，45度的斜坡上平铺碎石，远望如流沙。一条依稀能辨的小径从山腰横切而过，狭窄处仅可一人通行。这条路时常被滑坡阻断，冬季还容易雪崩，只有在这种情况下人们才会改走高线。上有落石，下临深渊，心惊胆战的两个小时后，绕过一座坡，眼前是一片空旷的三角形谷地，在此可以远眺大本营（Tilicho Base Camp, 4150米）的蓝色屋顶。大本营对面是Khangsar Kang峰（7485米），东坡巨大的冰壁，Khangsar Khola河就发源于此。

通往 Yak 之路

第 8 天：Tilicho Base Camp—Tilicho Lake—Yak Kharka

▽△自大本营通往Tilicho湖只有一条山路，前半段是较为平缓的上坡，后半段则是急上的陡坡，3~4小时内总共要爬升整整1000米，比大环线上其他任何一处都要困难。这个Tilicho湖（4920米）据说是世界上海拔最高的湖泊。自Tilicho湖先下撤到大本营，再沿着底线返回，经Upper Khangsar转到大环线，抵达Yak Kharka（4050米）。我没有去看湖，而是走回程奔Yak Kharka。我就在这一天晚上开始发病。

行程线路图

在 Thorong Phedi

第9天：Yak Kharka—Thorong Phedi

▽△在Yak Kharka（4050米）后面的Letdar（4200米）过夜，有助于进一步适应高海拔，此处植被更加低矮稀疏。早晨我们从Yak Kharka出发，在海拔4310米处过河，向上攀登，穿过沿途景色荒凉的雪崩区域，很快会走到Thorong Phedi（4450米）。Phedi的意思是"山脚"。在徒步旺季，每天约有200名准备翻越Thorong山口的徒步者聚集于此，床位非常紧张。在Phedi，徒步者可能会突发高山病。如果你是其中之一，必须立即下山，哪怕只是降至Letdar村，高原反应的症状也会迅速得到缓解。我的一个队友在Upper Pisang就已经明智地下撤了。从Thorong Phedi继续往上走大约1小时还有一家旅店：Thorong High View Camp（4850米），但条件不太舒适，而且在这个海拔高度过夜可能存在风险。

行程线路图

第 10 天：Thorong Phedi—Muktinath

▽△山口没被新雪覆盖，这是最好的消息，否则就无法通过，谁都不要拿生命逞强。这一天要经过这一路最大的起伏。登上山口需要4~6小时，有些徒步者选择在凌晨三点前往山口，其实这么早出发不仅没有必要，而且更关键的是此时天气寒冷，在雪地里极易被冻伤，在黑暗中也容易发生事故。你最好在5:00~6:00出发。黑暗中登山的人的头灯勾勒出山路。藏式舍利塔和经幡是山口的主要标志。上行的山路非常陡峭，但因为走的人多了而变得相对好走。抵达Thorong High Camp，天依然没亮，你可以在此休息，继续向上之后，两个多小时会抵达海拔5416米的陀龙垭口，当地人口称作Thorong-La。"La"在尼泊尔语里就是垭口（Pass）的意思。Thorong-La是世界上最大的垭口，连接着Manang和Mustang这两个尼泊尔人口最少的县。当你站在山口，眼前是沿Great Barrier分布的安纳普尔纳群峰，以及贫瘠的Kali Gandaki峡谷的壮观景象。再过一个月，也就是12月中旬，垭口将被大雪封锁，直到次年3月。山口下方会看到濒临灭绝的喜马拉雅蓝羊。从山口出发，你将经由陡峭、湿滑的小路下降1600米，直抵Muktinath（3800米）。

行程线路图

```
Muktinath
3800m
       Thorong-La
Charabu   5416m
4230m         Thorong High View Camp
              4850m
         Thorong Phedi
         4450m
```

中间可以在海拔4230米的Charabu休整进食，点一份momo（藏族蒸饺）或者samsa（三角咖喱饺），边喝茶边观望从山道上跑下来的徒步者。Muktinath的神庙和宗教场所是喜马拉雅山区印度教和佛教信徒最重要的朝圣地，千百年来朝圣者用双脚踩出了一条通往这里的小路。在这里，你会见到藏族商人以及最远从南印度来到这里的印度教苦行僧。这里的朝圣地包括一座藏传佛教寺院、一座毗湿奴庙和Jwalamai（火之女神）神庙。Jwalamai神庙山泉汩汩，从108个牛头喷嘴中流出，其中有一眼泉水中喷涌出天然气的火焰。同样的地理现象在重庆地火村也可以看到。但那只是用来煮水做饭，并不相关神迹。继续前行10分钟到达镇区所在地Ranipauwa，在那里可以找到住宿的旅店。旅店外有商贩摆摊卖化石——那些亿万年前生活在这里的海底的生物。

远眺 Muktinath

化石

第 11 天：Muktinath—Kagbeni

▽△从Ranipauwa开始，道路沿着苍凉粗犷的喜马拉雅山地貌下降至引人注目的Jharkot村（3550米），这里有巨大的藏式佛塔、藏传佛教寺院和极具神秘气息的动物图腾。小路继续向前延伸，通往Khinga（3355米），然后陡然降至拥有中世纪风貌的小村Kagbeni（2800米）。如果你还额外多出半天的时间，可以考虑穿过山谷前往传统村落Chhyongkhar、Jhong和Purang做短程徒步游。这样不需要去珞域就能在这三个村庄充分体验Mustang的人文风情，而且不需要其他许可证。

Chhyongkhar

行程线路图

Kagbeni
2800m

Jomsom
2720m

Birethanti
1025m

Naya Pul
1070m

Pokhara
820m

行程线路图

第 12 天：Kagbeni—Jomsom

▽△从Kagbeni（2800米）出发，沿着尘土飞扬但基本平坦的公路直奔Jomsom（2720米）。Jomsom是安纳普尔纳环线中最大的中转小镇，其他徒步路线的旅行者也在这里落脚。这里有医院、ACAP游客中心以及一个警察检查站（你必须在此登记，并在ACAP许可证上盖章）。Jomsom也是通往喜马拉雅秘境Mustang的入口。Mustang曾是一个独立王国，又称珞王国（得名于首府珞城，又译成珞域），它在语言、文化上和西藏很接近。18世纪，珞王国被尼泊尔吞并，领土不断被蚕食。2008年，尼泊尔政府下令废除Mustang国王的王位，Mustang王国不复存在。Mustang则是尼泊尔目前唯一完整保留藏文化风貌的地区。首府珞城（Lo-manthang）已被联合国教科文组织认证为世界文化遗产，是世界上保存最完好的中世纪城市之一。从Jomsom向南沿着横贯Kali Gandaki峡谷直抵大环线终点Birethanti（1025米）附近的Naya Pul（1070米）。这一段徒步路线因为新公路的修建而不再受追捧。许多人便选择在此乘坐定期的清晨航班或者直达客车，去往Pokhara（820米）。

喜马拉雅山脊下

Jomsom 2720m
Marpha 2670m
Tukuche 2590m
Kobang 2640m
Nilgiri North 7061m
Dhaulagili 8167m
Larjung 2550m
Kokhethanti 2525m
Titi Lake 2670m
Nilgiri 6940m
Lete 2480m
Ghasa 2010m
Annapurna I 8091m
Rupsechhahara 1500m
Dana 1400m
Tatopani 1200m
Gharkhola 1050m
Ghara 1700m
Sikha 1935m
Chitre 2350m
Banthanti 2250m
Ghorepani 2870m
Ulleri 2010m
Poon Hill 3200m
Tikhedhunga 1500m
Birethanti 1025m
Naya Pul 1070m
Pokhara 820m

行程线路图

第13天：自由行程

▽△若你时间充裕，不妨继续徒步向前。下一站就是有着许多白色外墙建筑的石头村Marpha（2670米），村中有一座藏传佛教寺院和几座小神龛。以此为中心，可以选取一些绕行路线。Tukuche（2590米）是塔克利村庄，曾是西藏盐商的货仓和征税点。公路继续通往Kobang（2640米）和Larjung（2550米），沿途能看到Dhaulagili峰（8167米）和Nilgiri North峰（7061米）。Larjung是前往道拉吉里冰瀑的徒步游的基地。下一站是Kokhethanti（2525米），继续向前你可以去探访Titi Lake（2670米），然后经可以看到壮观的Nilgiri峰的Konjo和Taglung等村庄下山抵达Lete（2480米），并前往山谷中最后的塔克利村庄Ghasa（2010米）。继续前行，几个小时后抵达Rupsechhahara（1500米）。继续向南则通往Dana（1400米）和以温泉闻名的Tatopani（1200米）。自此又可以离开公路，从Gharkhola村爬上山谷的陡峭一侧，中途在Sikha（1935米）或Chitre（2350米）休整过夜。然后直抵位于安纳普尔纳山脚的Ghorepani（2870米,意思是马饮水）。沿山脊攀登1小时，便抵达Poon Hill山（3200米），这是低海拔山区的喜马拉雅山最佳

博卡拉费瓦湖

观景点之一。从山顶撤回Ghorepani，沿着漫长的石阶下降至Nangathanti（2460米）、Banthanti（2250米）和Ulleri（2010米）——一个大型马嘉村庄。然后继续沿陡峭的山路下降至Tikhedhunga（1500米）以及大环线的终点Birethanti（1025米）。此后，大多数徒步者会去附近的Pokhara休整，坐进咖啡馆，眺望窗外的安纳普尔纳群峰，陷入无尽回想。

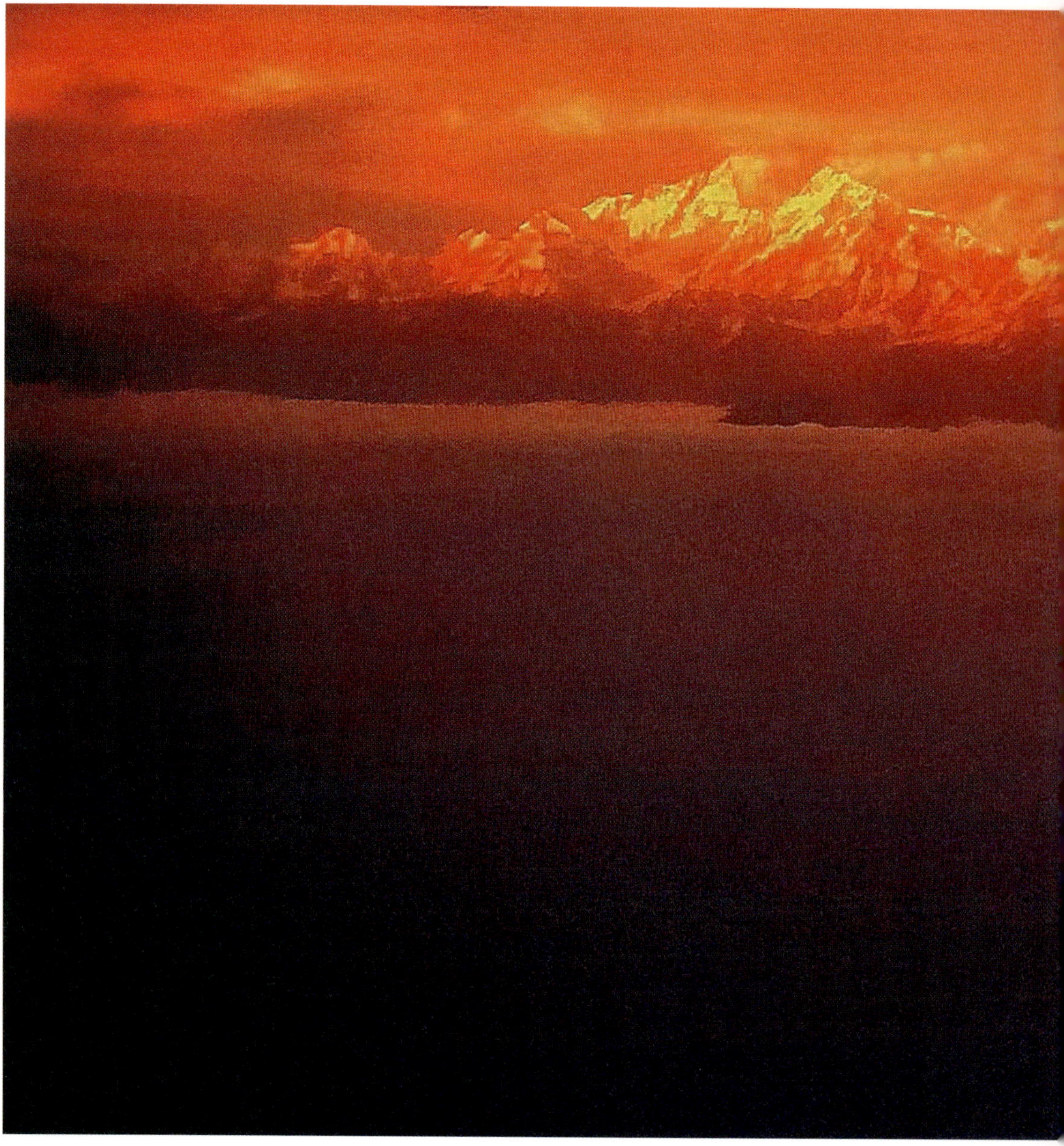

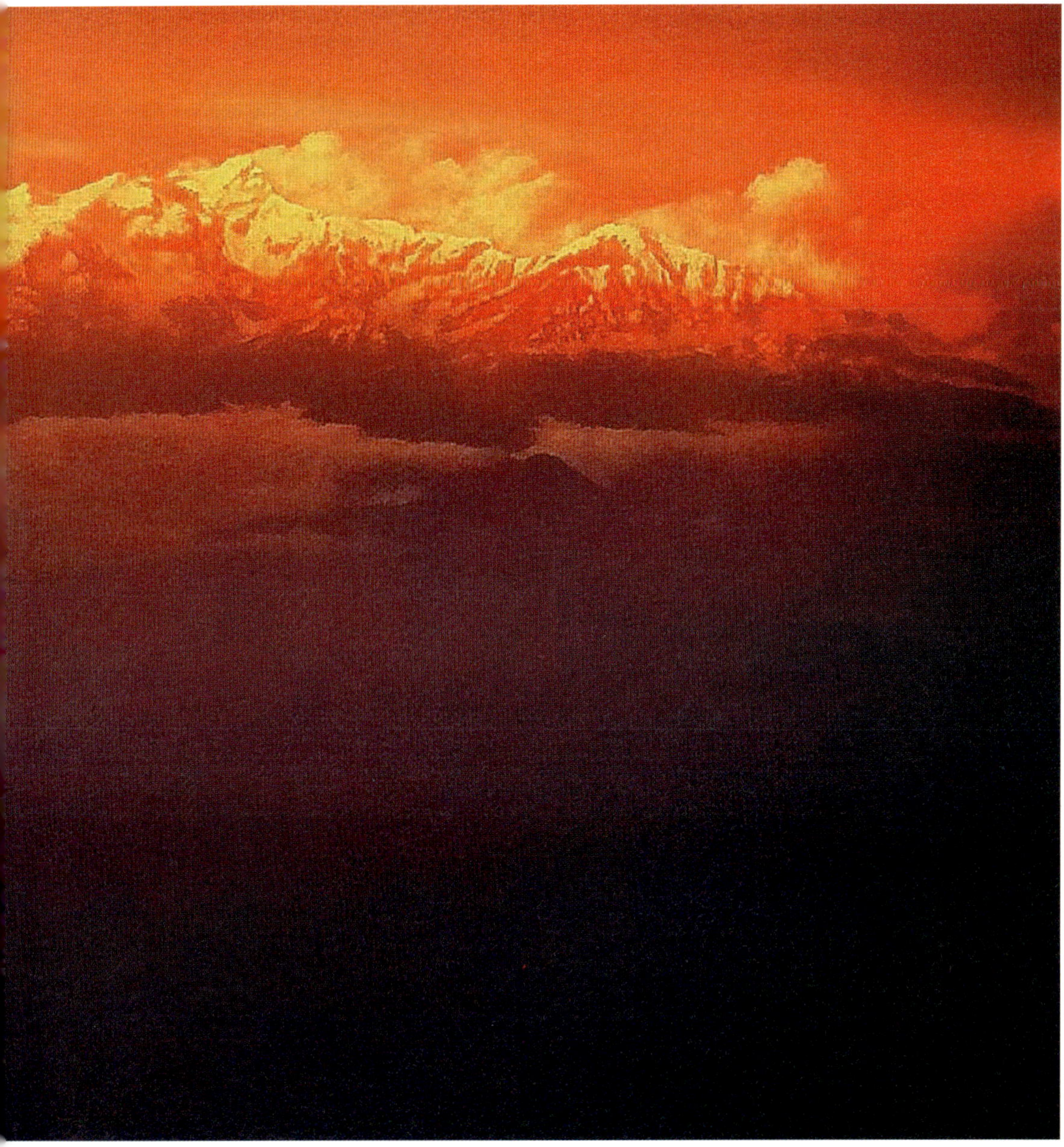